满腹经纶

栩源◎编著

天天出版社

图书在版编目（CIP）数据

满腹经纶 / 栩源编著. -- 北京：天天出版社，
2025. 7. -- ISBN 978-7-5016-2605-2

Ⅰ. I207.2

中国国家版本馆CIP数据核字第2025LV4907号

责任编辑：陈飞亚　　　　　　**责任印制：康远超　张　璞**

出版发行：天天出版社有限责任公司
地址：北京市丰台区右外西路2号院　　　　**邮编**：100071

印刷：三河市同力彩印有限公司　　　**经销**：全国新华书店等
开本：880×1230　1/32　　　　　　　　　　**印张**：5
版次：2025年7月北京第1版　**印次**：2025年7月第1次印刷
字数：88千字

书号：978-7-5016-2605-2　　　　　　　**定价**：59.80元

目录
满腹经纶

第一章

励志语录

自话 常读书会使人脱离低级趣味，养成高雅、脱俗的气质。

诗文 粗缯大布裹生涯，腹有诗书气自华。

—— [宋]苏轼《和董传留别》

自话 一件事重复的次数越多，做得越熟练，越会了解其中深意。

诗文 旧书不厌百回读，熟读深思子自知。

—— [宋]苏轼《送安惇秀才失解西归》

自话 阅读要广泛涉猎，勤于积累。

诗文 博观而约取，厚积而薄发。

—— [宋]苏轼《稼说送张琥》

自话 要有不拘泥于世俗、追求高远理想的豪迈胸怀。

诗文 抬眸四顾乾坤阔，日月星辰任我攀。

—— [宋]苏轼《失题二首·其一》

自话 保持高洁的品格，坚守道德底线。

诗文 宁为兰摧玉折，不作萧敷艾荣。

—— [南北朝]刘义庆《世说新语》

自话 在逆境之中，少年应奋发向前，无惧困难。

诗文 少年负壮气，奋烈自有时。

—— [唐]李白《少年行二首·其一》

自话 要趁着年轻，抓紧时间，勤奋学习。

诗文 少年辛苦终身事，莫向光阴惰寸功。

—— [唐]杜荀鹤《题弟侄书堂》

自话 要有必胜的决心和勇气。

诗文 冲天香阵透长安，满城尽带黄金甲。

—— [唐]黄巢《不第后赋菊》

自话 别忘了年少意气风发时立下的凌云之志。

诗文 须知少日拏云志，曾许人间第一流。

—— [清]吴庆坻《题三十小象》

自话 学以致用，知行合一。

诗文 玉屑满箧，不为有宝；诗书负笈，不为有道。

—— [汉]桓宽《盐铁论》

自话 要时刻心怀国家和人民。

诗文 先天下之忧而忧，后天下之乐而乐。

—— [宋]范仲淹《岳阳楼记》

自话 勤学立志、修身养性要从淡泊宁静中下功夫。

诗文 非淡泊无以明志，非宁静无以致远。

—— [三国]诸葛亮《诫子书》

自话 愿做冒险者，不负青春，不甘平凡。

诗文 愿为出海月，不作归山云。

—— [唐]贾岛《卧疾走笔酬韩愈书问》

自话 只要努力向前，每一步都会铸就自己的广阔天地。

诗文 人生万事须自为，跬步江山即寥廓。

—— [元]范梈《王氏能远楼》

自话 做事要持之以恒，莫要半途而废。

诗文 靡不有初，鲜克有终。

——《诗经·大雅·荡》

自话 行动是解决问题的最好办法。

诗文 百尔所思，不如我所之。

——《诗经·鄘风·载驰》

自话 亲身实践所得的知识才是自己的。

诗文 万事须己运，他得非我贤。

—— [唐]孟郊《劝学》

自话 有雄才大略、存志向高远的人不会久居人下。

诗文 蛟龙岂是池中物，虮虱空悲地上臣。

—— [金]元好问《壬辰十二月车驾东狩后即事·其四》

自话 面对机遇别犹豫，大好时光莫辜负。

诗文 良时正可用，行矣莫徒然。

—— [唐]高适《送韩九》

自话 不要被挫折打倒，人生总有新的希望。

诗文 沉舟侧畔千帆过，病树前头万木春。

—— [唐]刘禹锡《酬乐天扬州初逢席上见赠》

自话 身处逆境也应当积极去应对，对未来怀抱希望。

诗文 他日卧龙终得雨，今朝放鹤且冲天。

—— [唐]刘禹锡《刑部白侍郎谢病长告，改宾客分司，以诗赠别》

自话 磨砺成就卓越。

诗文 石以砥焉，化钝为利。法以砥焉，化愚为智。

—— [唐]刘禹锡《砥石赋》

自话 只有经历千辛万苦，才会得到闪闪发光的金子。

诗文 千淘万漉虽辛苦，吹尽狂沙始到金。

—— [唐]刘禹锡《浪淘沙·其八》

自话 聪明才智加勤学好问才能成才。

诗文 知而好问，然后能才。

——《荀子》

自话 无论是学习还是实践，都要深入其中，不能浅尝辄止。

诗文 善学者尽其理，善行者究其难。

——《荀子》

自话 做事情要坚持不懈、持之以恒。

诗文 骐骥一跃，不能十步；驽马十驾，功在不舍。

——《荀子》

自话 学习必须持之以恒，才能不断取得进步。

诗文 一出焉，一入焉，涂巷之人也。

——《荀子》

自话 时光一去不复回，努力奋发应趁早。

诗文 百川东到海，何时复西归？少壮不努力，老大徒伤悲。

——[汉]《乐府诗集·长歌行》

自话 立德、立功和立言可以作为人生奋斗的目标。

诗文 太上有立德，其次有立功，其次有立言，虽久不废，此
之谓不朽。 ——《左传》

自话 谁都会犯错，重要的是知错能改。

诗文 人谁无过？过而能改，善莫大焉。

——《左传》

自话 要常有危机意识，提前思考应对之策，才能避免祸患。

诗文 居安思危，思则有备，有备无患。

—— 《左传》

自话 人生在于勤奋和勇于探索，如此才会有所收获。

诗文 人生在勤，不索何获。

—— [南朝宋]范晔《后汉书·张衡列传》

自话 贤明的人，能够注意细微变化，善于发现事情的苗头。

诗文 明者慎微，智者识几。

—— [南朝宋]范晔《后汉书·郭陈列传》

自话 要坚持不懈地去追求自己的梦想。

诗文 路漫漫其修远兮，吾将上下而求索。

—— [战国]屈原《离骚》

自话 做人应自立自强，心胸宽广。

诗文 天行健；君子以自强不息。地势坤；君子以厚德载物。

—— 《周易》

自话 逆境中，静待时机，终会崭露头角。

诗文 君不见长松卧壑困风霜，时来屹立扶明堂。

—— [宋]陆游《读书》

自话 实践是获得真知的有效途径。

诗文 纸上得来终觉浅，绝知此事要躬行。

—— [宋]陆游《冬夜读书示子聿》

自话 失败算什么，大不了从头再来。

诗文 丈夫贵不挠，成败何足论。

—— [宋]陆游《入瞿唐登白帝庙》

自话 人应该树立远大理想，并为理想奋斗终生。

诗文 士不可以不弘毅，任重而道远。

——《论语》

自话 不甘平凡，才能"触底反弹"。

诗文 未忍无声委地，将低重又飞还。

—— [清]张惠言《木兰花慢·杨花》

自话 要取得成功，应有远大志向；要实现功业，应勤奋努力。

诗文 功崇惟志，业广惟勤。

——《尚书》

自话 只有通过持续的努力和不懈的奋斗，最终才能实现梦想。

诗文 惟日孜孜，无敢逸豫。

——《尚书》

自话 只有站得高，才能望得远。

诗文 欲穷千里目，更上一层楼。

—— [唐]王之涣《登鹳雀楼》

自话 上天赐我才华，注定有用武之地，哪怕钱花光了也能再挣。

诗文 天生我材必有用，千金散尽还复来。

—— [唐]李白《将进酒》

自话 别因岁月消磨了意志，保持积极向上的心态，坚定志向。

诗文 老当益壮，宁移白首之心？穷且益坚，不坠青云之志。

—— [唐]王勃《滕王阁序》

自话 你一定能够扭转局势，创造不朽的辉煌。

诗文 把乾坤扭转，千秋不灭。

—— [清]宁调元《满江红·次韵答钝子见和书感之作》

自话 人要能屈能伸，终会走出困境。

诗文 海压竹枝低复举，风吹山角晦还明。

—— [宋]陈与义《观雨》

自话 目标虽远，只要不懈进取，照样能实现，努力永远都不晚。

诗文 北海虽赊，扶摇可接；东隅已逝，桑榆非晚。

—— [唐]王勃《滕王阁序》

自话 虽然身体渐渐老去，但年轻时的壮志豪情不会消退。

诗文 老夫聊发少年狂，左牵黄，右擎苍，锦帽貂裘，千骑卷平冈。

—— [宋]苏轼《江城子·密州出猎》

自话 年轻人，理当志存高远，怎能因眼前艰难就唉声叹气。

诗文 少年心事当拏云，谁念幽寒坐呜呃。

—— [唐]李贺《致酒行》

自话 从点滴做起，不断积累，才能有所成就。

诗文 山不让尘，川不辞盈。

—— [晋]张华《励志诗》

自话 要想成功，除了有才华以外，还要有坚强的意志。

诗文 古之立大事者，不惟有超世之才，亦必有坚忍不拔之志。

—— [宋]苏轼《晁错论》

自话 要有勇气面对困难，拼尽全力去实现目标。

诗文 愿将腰下剑，直为斩楼兰。

—— [唐]李白《塞下曲六首·其一》

自话 要有如大鹏般的远大志向和广阔胸怀，不被世俗局限。

诗文 鹏翼垂空，笑人世，苍然无物。

—— [宋]辛弃疾《满江红·建康史帅致道席上赋》

自话 要有追求梦想的勇气和决心，不畏艰难，勇往直前。

诗文 我欲穿花寻路，直入白云深处，浩气展虹霓。

—— [宋]黄庭坚《水调歌头·游览》

自话 将来如果实现了凌云壮志，我敢嘲笑黄巢不算是大丈夫。

诗文 他时若遂凌云志，敢笑黄巢不丈夫。

—— [明]施耐庵《水浒传》

自话 面对艰难险阻，我会直面挑战，决不退缩。

诗文 我自横刀向天笑，去留肝胆两昆仑。

—— [清]谭嗣同《狱中题壁》

自话 不冲破眼前困境，达成目标，就决不放弃。

诗文 手提三尺龙泉剑，不斩奸邪誓不休！

—— [明]施耐庵《水浒传》

自话 我们定能斩除所有困难，开辟出一条理想的康庄大道。

诗文 手中电曳倚天剑，直斩长鲸海水开。

—— [唐]李白《司马将军歌》

自话 我们想要突破困局，就要有梅花凌寒独放的精神。

诗文 一枝先破玉溪春。更无花态度，全有雪精神。

—— [宋]辛弃疾《临江仙·探梅》

自话 面对困难，不要顾虑太多，唯有勇往直前，方能突破困境。

诗文 龙骧万斛不敢过，渔舟一叶从掀舞。

—— [宋]苏轼《大风留金山两日》

自话 身为顶天立地的男子汉，定能扭转乾坤破困局！

诗文 顶天立地奇男子，要把乾坤扭转来。

—— [近代]孙中山《咏志》

自话 遇到困境时不要绝望，要相信前方总会有转机。

诗文 山重水复疑无路，柳暗花明又一村。

—— [宋]陆游《游山西村》

自话 为报君恩，我愿奋力一击，似鹏鸟扶摇直上，搏击九重天。

诗文 为君一击，鹏抟九天。

—— [唐]李白《独漉篇》

自话 不要因困境而气馁，一旦时机成熟，定能大放光彩。

诗文 未离海底千山黑，才到中天万国明。

—— [宋]赵匡胤《咏月》

自话 要不断挑战自我，勇于攀登人生的高峰，一览天下。

诗文 海到尽头天作岸，山登绝顶我为峰。

—— [清]林则徐《出老》

自话 效杜鹃忧心家国，学精卫保持奋斗之志。

诗文 杜鹃再拜忧天泪，精卫无穷填海心。

—— [清]黄遵宪《赠梁任父同年》

自话 大海能填、高山能移，男子汉胸怀壮志就该这般。

诗文 沧海可填山可移，男儿志气当如斯。

—— [宋]刘过《盱眙行》

自话 这天地广阔大有可为，真正的强者不会被环境束缚。

诗文 乾坤能大，算蛟龙、元不是池中物。

—— [宋]文天祥《酹江月·和友驿中言别》

自话 目光短浅者守着小地盘，强者自在广阔天地闯荡。

诗文 蚯蚓霸一穴，神龙行九天。

—— [明]方孝孺《闲居感怀》

自话 大海的波涛不会平息，我奋斗的心也永不停歇。

诗文 大海无平期，我心无绝时。

—— [清]顾炎武《精卫》

自话 让我们重新振作，拿回我们失去的一切。

诗文 待从头、收拾旧山河，朝天阙。

—— [宋]岳飞《满江红·写怀》

自话 恰似旭日升空逐退群星与残月,我定将一众对手甩在身后。

诗文 一轮顷刻上天衢,逐退群星与残月。

—— [宋]赵匡胤《咏初日》

自话 历经波折,不拿下胜利、改变现状,决不回头。

诗文 黄沙百战穿金甲,不破楼兰终不还。

—— [唐]王昌龄《从军行七首·其四》

自话 越是接近目标,越需要坚持不懈,直至实现它。

诗文 行百里者半九十,小狐汔济濡其尾。

—— [宋]黄庭坚《赠元发弟放言》

自话 刑天挥舞着盾牌和大斧,那份勇猛的斗志始终未灭。

诗文 刑天舞干戚,猛志固常在。

—— [晋]陶渊明《读山海经·其十》

自话 我会全力出击去战胜困难,实现目标。

诗文 会挽雕弓如满月,西北望,射天狼。

—— [宋]苏轼《江城子·密州出猎》

自话 在困境中不要迷惘,要相信希望总会到来。

诗文 我有迷魂招不得,雄鸡一声天下白。

—— [唐]李贺《致酒行》

自话 遇见困难就想方设法去解决，岂能畏畏缩缩！

诗文 但知斩马凭孤剑，岂为摧车避太行！

—— [宋]孔平仲《和经父寄张缋二首·其一》

自话 少年时意气风发、不受拘束，好似白日老虎插翅高飞。

诗文 少年意气强不羁，虎胁插翼白日飞。

—— [宋]王安石《寄慎伯筠》

自话 敢于面对困难和挑战，不达目标，决不轻言放弃。

诗文 拂拭腰间，吹毛剑在，不斩楼兰心不平。

—— [宋]刘过《沁园春·张路分秋阅》

自话 直面强敌，英勇无畏，要想方设法战胜敌人。

诗文 挥刃斩楼兰，弯弓射贤王。

—— [唐]李白《出自蓟北门行》

自话 我常常想要拿着锋利的剑戟，去斩杀强敌。

诗文 我常欲，利剑戟，斩蛟鼍。

—— [宋]李处全《水调歌头·冒大风渡沙子》

自话 不论人前人后，都应时刻保持谨慎与戒惧。

诗文 戒慎乎其所不睹，恐惧乎其所不闻。

——《礼记》

自话 读书可以丰富人的精神世界，实现人生价值。

诗文 安居不用架高堂，书中自有黄金屋。

—— [宋]赵恒《劝学诗》

自话 勤勉进取，谨慎思考。

诗文 业精于勤，荒于嬉；行成于思，毁于随。

—— [唐]韩愈《进学解》

自话 尽管前路困难重重，只要不断努力，终能实现理想。

诗文 长风破浪会有时，直挂云帆济沧海。

—— [唐]李白《行路难·其一》

自话 年轻人要勇于面对困难，努力去实现自己的梦想。

诗文 好事尽从难处得，少年无向易中轻。

—— [唐]李咸用《送谭孝廉赴举》

自话 年轻人面对艰难险阻，应无所畏惧、勇往直前。

诗文 少年恃险若平地，独倚长剑凌清秋。

—— [唐]顾况《杂曲歌辞·行路难三首·其三》

自话 生活如同棋局，不到最后，胜负未可知。

诗文 不信请看弈棋者，输赢须待局终头。

—— [唐]白居易《放言五首·其二》

自话 空怀大志是无用的，只有踏实勤奋，才有可能成功。

诗文 临渊羡鱼，不如退而结网。

——《汉书》

自话 勤奋学习，不负韶华。

诗文 三更灯火五更鸡，正是男儿读书时。

—— [唐]颜真卿《劝学诗》

自话 珍惜时间，勤学知识，苦练本领。

诗文 黑发不知勤学早，白首方悔读书迟。

—— [唐]颜真卿《劝学诗》

自话 知道和理解是行动与实践的基础。

诗文 知之愈明，则行之愈笃；行之愈笃，则知之益明。

—— [宋]黎靖德《朱子语类》

自话 知道错了，就应立刻改正。

诗文 知其不善，则速改以从善，曲折专以"速改"字上著力。

—— [宋]黎靖德《朱子语类》

自话 再小的事情，也需要去做才能完成，空谈误国，实干兴邦。

诗文 道虽迩，不行不至；事虽小，不为不成。

——《荀子》

自话 做事要以恒心不断地小步积累，最终才能达成目标。

诗文 不积跬步，无以至千里；不积小流，无以成江海。

——《荀子》

自话 我们应该具有包容之心。

诗文 君子尊贤而容众，嘉善而矜不能。

——《论语》

自话 说话一定要守信，做事一定要有成果。

诗文 言必信，行必果。

——《论语》

自话 要能总结经验教训，避免之后再犯类似错误。

诗文 前事之不忘，后事之师。

——《战国策》

自话 直面困难，战胜自我；树立信心，超越自我。

诗文 志之难也，不在胜人，在自胜也。

——《韩非子》

自话 志向坚定且高远，终将有所成就。

诗文 志若不移山可改，何愁青史不书功？

—— [五代十国]钱镠《上元夜次序平江南》

自话 活到老，学到老。

诗文 古人学问无遗力，少壮工夫老始成。

—— [宋]陆游《冬夜读书示子聿》

自话 学习要有目标，别盲动，注重实践，才能有所收获。

诗文 学所以益才也，砺所以致刃也。

—— [汉]刘向《说苑》

自话 无论做什么事情，只要持之以恒，就有可能成功。

诗文 为者常成，行者常至。

——《晏子春秋》

自话 若有拳打黄鹤楼、脚踢鹦鹉洲的气魄，何惧任何困难。

诗文 一拳拳倒黄鹤楼，一踢踢翻鹦鹉洲。

—— [宋]释如珙《偈颂三十六首·其三》

自话 不要因一时失败而气馁，振作起来，重新努力。

诗文 江东子弟多才俊，卷土重来未可知。

—— [唐]杜牧《题乌江亭》

自话 不要因暂时不被认可而沮丧，终有一天你会才华尽展。

诗文 时人不识凌云木，直待凌云始道高。

—— [唐]杜荀鹤《小松》

自话 面对困难，不屈不挠，一往无前。

诗文 月缺不改光，剑折不改刚。

—— [宋]梅尧臣《古意》

自话 没有什么能阻挡我追求梦想的脚步。

诗文 溪涧岂能留得住，终归大海作波涛。

—— [唐]李忱《瀑布联句》

自话 希望你拥有正义感和勇气，为不平之人伸张正义。

诗文 背上匣中三尺剑，为天且示不平人。

—— [唐]吕岩《绝句》

自话 我的命运掌握在自己手中，没有人可以左右。

诗文 一粒金丹吞入腹，始知我命不由天。

—— [宋]张伯端《悟真篇·绝句六十四首·其五十四》

自话 不要小瞧女子，她们胸怀理想，时刻准备干一番事业。

诗文 休言女子非英物，夜夜龙泉壁上鸣。

—— [近代]秋瑾《鹧鸪天·祖国沉沦感不禁》

自话 在困境中保持乐观，坚持自己的个性和追求。

诗文 欲填沟壑唯疏放，自笑狂夫老更狂。

—— [唐]杜甫《狂夫》

自话 文思如三峡的水倒流，笔力雄健，可横扫千军。

诗文 词源倒流三峡水，笔阵独扫千人军。

—— [唐]杜甫《醉歌行》

自话 要意志坚定，言出必行。

诗文 志不强者智不达，言不信者行不果。

——《墨子》

自话 别怕前方路途遥远艰难，自会有好运助你前行。

诗文 莫愁千里路，自有到来风。

—— [唐]钱珝《江行无题一百首·其二十四》

自话 别看我个子不高，可我的雄心壮志远超千万人。

诗文 虽长不满七尺，而心雄万夫。

—— [唐]李白《与韩荆州书》

自话 身为大丈夫，若无远大志向，怎么能有所作为。

诗文 丈夫志不大，何以佐乾坤。

—— [唐]邵谒《送从弟长安下第南归觐亲》

自话 酒兴正浓时落笔气势撼动五岳，诗成后豪情笑傲凌越沧海。

诗文 兴酣落笔摇五岳，诗成笑傲凌沧洲。

—— [唐]李白《江上吟》

第二章

生活滋味

自话 那些圣贤人物都终将被冷落，只有饮酒的豪客才能留传美名。

诗文 古来圣贤皆寂寞，惟有饮者留其名。

—— [唐]李白《将进酒》

自话 今晚要畅饮，在酒杯前就不要谈论明天的事情了。

诗文 劝君今夜须沉醉，尊前莫话明朝事。

—— [唐]韦庄《菩萨蛮·劝君今夜须沉醉》

自话 凡事要想得开。

诗文 今朝有酒今朝醉，明日愁来明日愁。

—— [唐]罗隐《自遣》

自话 让我们尽情饮酒，趁着明媚春光与妻儿一同返回家乡。

诗文 白日放歌须纵酒，青春作伴好还乡。

—— [唐]杜甫《闻官军收河南河北》

自话 想起咱俩以前一起喝酒的时光，真令人怀念。

诗文 桃李春风一杯酒，江湖夜雨十年灯。

—— [宋]黄庭坚《寄黄几复》

自话 请贵客们开怀畅饮，不辜负主人一片心意！

诗文 上客不用顾金羁，主人有酒君莫违。

—— [唐]张籍《宴客词》

自话 酒宴上，让我们一边喝酒一边高歌。

诗文 春日宴，绿酒一杯歌一遍。

—— [五代十国]冯延巳《长命女·春日宴》

自话 让我们畅饮美酒，闲谈一二。

诗文 开轩面场圃，把酒话桑麻。

—— [唐]孟浩然《过故人庄》

自话 朋友间难得见了面，不如痛快地一起畅饮、说笑。

诗文 一壶浊酒喜相逢。古今多少事，都付笑谈中。

—— [明]杨慎《临江仙·滚滚长江东逝水》

自话 今日难得相聚，让我们把酒狂欢。

诗文 尊酒相逢，乐事回头一笑空。

—— [宋]苏轼《采桑子·润州多景楼与孙巨源相遇》

自话 喝酒、钓鱼太快活了！

诗文 一壶酒，一竿身，快活如侬有几人。

—— [五代十国]李煜《渔父·浪花有意千里雪》

自话 忆往昔感慨万千，虽分离多年，旧事仍恍若昨日。

诗文 一尊酒，黄河侧。无限事，从头说。

—— [宋]苏轼《满江红·怀子由作》

自话 忘掉生活中的琐碎，就只剩下酒和诗了。

诗文 百事尽除去，尚馀酒与诗。

—— [唐]白居易《对酒闲吟赠同老者》

自话 知心朋友相聚，当然要开怀痛饮了。

诗文 知音三五人，痛饮何妨碍？醉袍袖舞嫌天地窄。

—— [元]贯云石《清江引·弃微名去来心快哉》

自话 酒能解百忧。

诗文 愁来饮酒二千石，寒灰重暖生阳春。

—— [唐]李白《江夏赠韦南陵冰》

自话 一切尽在酒中。

诗文 秋风倦客，一杯情话，为君倾倒。

—— [元]王恽《水龙吟·送焦和之赴西夏行省》

自话 花开时节，我们一起喝酒。

诗文 花时同醉破春愁，醉折花枝作酒筹。

—— [唐]白居易《同李十一醉忆元九》

自话 我备有美酒，宴请嘉宾一同尽情宴饮。

诗文 我有旨酒，嘉宾式燕以敖。

——《诗经·小雅·鹿鸣》

自话 大家难得相见，今日相聚，让我们共话情谊！

诗文 人生不相见，动如参与商。今夕复何夕，共此灯烛光。

—— [唐]杜甫《赠卫八处士》

自话 今日大家相见欢笑如昨，只是鬓染霜色，可叹岁月匆匆啊！

诗文 欢笑情如旧，萧疏鬓已斑。

—— [唐]韦应物《淮上喜会梁州故人》

自话 我痛饮美酒，胆气更为豪壮。两鬓发白，这又有何妨？

诗文 酒酣胸胆尚开张。鬓微霜，又何妨！

—— [宋]苏轼《江城子·密州出猎》

自话 相逢时不能一醉方休，难道要等分别之后再来遗憾吗？

诗文 相逢不令尽，别后为谁空。

—— [唐]王绩《过酒家五首》

自话 先干三杯！

诗文 劝君一盏君莫辞，劝君两盏君莫疑，劝君三盏君始知。

—— [唐]白居易《劝酒》

自话 别想太多，先喝酒。

诗文 身后堆金挂北斗，不如生前一樽酒。

—— [唐]白居易《劝酒》

自话 别怪兄弟总劝酒，毕竟分别后，见面太难了，干杯！

诗文 莫怪坐来频劝酒，自从别后见君稀。

—— [宋]释心月《偈颂一百五十首·其一》

自话 老朋友请你再喝一杯，下次再相聚不知道是什么时候了。

诗文 劝君更尽一杯酒，西出阳关无故人。

—— [唐]王维《送元二使安西》

自话 我劝你将酒杯斟满，听我吟唱这狂放不羁的歌词。

诗文 劝君酒杯满，听我狂歌词。

—— [唐]白居易《狂歌词》

自话 不懂得享受美好时光，连花儿都要笑你。来，喝酒！

诗文 不向花前醉，花应解笑人。

—— [唐]李敬方《劝酒》

自话 劝你今晚一定要喝个痛快，因为明天我们就要离别了。

诗文 劝君须尽醉，离别在明朝。

—— [明]金克成《临别劝酒·其一》

自话 酒杯倒满，相逢就应该开怀畅饮，不要推辞。

诗文 酒杯深，故人心，相逢且莫推辞饮。

—— [元]马致远《拨不断·酒杯深》

自话 我们干了这杯酒，解解乏吧。

诗文 我有一瓢酒，可以慰风尘。

—— [唐]韦应物《简卢陟》

自话 看你一副陶渊明的做派，却不像他喝酒那么痛快。

诗文 笑杀陶渊明，不饮杯中酒。

—— [唐]李白《嘲王历阳不肯饮酒》

自话 大地也爱酒。

诗文 地若不爱酒，地应无酒泉。

—— [唐]李白《月下独酌四首·其二》

自话 如果命运已经是这样了，那就暂且喝酒吧。

诗文 天运苟如此，且进杯中物。

—— [晋]陶渊明《责子》

自话 一杯酒解开郁结，再来一杯能解忧。

诗文 一饮解百结，再饮破百忧。

—— [唐]聂夷中《杂曲歌辞·饮酒乐》

自话 千万别让杯中无酒。

诗文 当歌幸有金陵子，翠罜清尊莫放空。

—— [明]杨慎《鹧鸪天·元宵后独酌》

自话 遇到美酒自然应喝个痛快，别去想那些烦心事。

诗文 遇酒当歌酒满斟。一觞一咏乐天真。

—— [宋]佚名《鹧鸪天·遇酒当歌酒满斟》

自话 你这一去，何时才能再见？请痛饮几杯吧。

诗文 使君能得几回来？便使樽前醉倒更徘徊。

—— [宋]苏轼《虞美人·有美堂赠述古》

自话 再多的烦恼，只要一杯酒下肚，全都飘散。

诗文 愁多酒虽少，酒倾愁不来。

—— [唐]李白《月下独酌四首·其四》

自话 这杯酒只想同你喝，我的深情只有你懂。

诗文 浅酒欲邀谁劝，深情惟有君知。

—— [宋]晏几道《临江仙·身外闲愁空满》

自话 感谢你对我的帮助，这份恩情我会永远铭记于心。

诗文 岂是贪衣食，感君心缱绻。念我口中食，分君身上暖。

—— [唐]白居易《寄元九》

自话 感激您仍然记挂着我，惭愧于身边的朋友或许会推举我。

诗文 上感君犹念，傍惭友或推。

—— [唐]白居易《酬卢秘书二十韵（时初奉诏除赞善大夫）》

自话 功名与知己间情谊深厚的一杯酒相比，根本不值一提。

诗文 凌烟功名举世事，不直两公一杯酒。

—— [宋]钟孝国《千里丈蓄酒尊》

自话 新长出来的竹子比旧竹子要高，这全是依靠老竹的扶持。

诗文 新竹高于旧竹枝，全凭老干为扶持。

—— [清]郑燮《新竹》

自话 我曾受到您的提携，这辈子决不会忘记您对我的恩惠。

诗文 曾为大梁客，不负信陵恩。

—— [唐]王昌龄《答武陵田太守》

自话 我会整夜想着你，来报答你为我奔波劳累的苦心。

诗文 惟将终夜长开眼，报答平生未展眉。

—— [唐]元稹《遣悲怀三首·其三》

自话 可怜我的父母啊，生我养我真辛劳！

诗文 哀哀父母，生我劬劳。

——《诗经·小雅·蓼莪》

自话 古代的君子，得到别人帮助后必加倍报答。

诗文 古之君子，使人必报之。

——《隋书》

自话 再次举杯，为了表达我的感激之情。

诗文 重把酒，为伸意。

——[明]陈霆《贺新郎·送陈学谕之袁州教任》

自话 我喝醉了，就弹奏新曲来答谢她。

诗文 醉，且调新弄以谢之。

——[宋]周密《一枝春》

自话 我为您斟酒，祝您长寿。

诗文 为公持酒，愿祝彩衣无限寿。

——[宋]周紫芝《减字木兰花（晁别驾生日）》

自话 我敬大家一杯，祝愿长寿与幸福永远伴随着大家。

诗文 我自嘉礼，以寿永观。

——[晋]陆机《祖会太极东堂诗》

自话 喝多了想睡一会儿，口渴了想喝点茶。

诗文 酒困路长惟欲睡，日高人渴漫思茶。

——[宋]苏轼《浣溪沙·簌簌衣巾落枣花》

自话 喝多了倒头就睡。

诗文 醉困不知醒，欹枕卧江流。

——[宋]米芾《水调歌头·中秋》

自话 喝多了，现在有点儿头晕。

诗文 醉卧古藤阴下，了不知南北。

—— [宋]秦观《好事近·梦中作》

自话 沉醉不知归途，只记得时光美好，如梦如幻。

诗文 常记溪亭日暮，沉醉不知归路。

—— [宋]李清照《如梦令·常记溪亭日暮》

自话 酒醉了我们一起唱歌，喝倒了记得扶我，酒能解千愁！

诗文 我醉歌时君和，醉倒须君扶我，惟酒可忘忧。

—— [宋]苏轼《水调歌头·安石在东海》

自话 别为小仇小怨心怀怒气，不如吟诗，用笑容解忧愁。

诗文 弗思小怨心怀恚，惟嗜狂吟笑解颜。

—— [宋]欧阳澈《寄良臣》

自话 喝完饯别酒，友人们挥手告别，我恨这漂泊无依的人生。

诗文 饮散离亭西去，浮生长恨飘蓬。

—— [五代十国]徐昌图《临江仙·饮散离亭西去》

自话 清歌与美酒相伴是美好时光；要珍惜人生每一次相遇！

诗文 一曲清歌满樽酒，人生何处不相逢。

—— [宋]晏殊《金柅园》

自话 酒宴将尽，莫执着用茱萸辟邪，古今事都在俯仰之间。

诗文 酒阑不必看茱萸，俯仰人间今古。

—— [宋]苏轼《西江月·重九》

自话 欢言笑谈、畅饮美酒，真是无比痛快。

诗文 欢言得所憩，美酒聊共挥。

—— [唐]李白《下终南山过斛斯山人宿置酒》

自话 我愿持酒挽留夕阳，让这美好的时光再延续一会儿。

诗文 为君持酒劝斜阳，且向花间留晚照。

—— [宋]宋祁《玉楼春·春景》

自话 借着醉意回味相聚的美好。离愁别恨，折磨我这疏狂之人。

诗文 醉拍春衫惜旧香。天将离恨恼疏狂。

—— [宋]晏几道《鹧鸪天·醉拍春衫惜旧香》

自话 说话要看对象，注意回避别人的忌讳，以免刺痛人。

诗文 当着矮人，别说短话。

—— [清]曹雪芹《红楼梦》

自话 亲密到了一定程度就容易斤斤计较，对对方要求严格。

诗文 既熟惯，则更觉亲密；既亲密，则不免一时有求全之毁，不虞之隙。

—— [清]曹雪芹《红楼梦》

自话 要时刻保持警惕，防止受到潜在的威胁和伤害。

诗文 明枪易躲，暗箭难防。

—— [元]佚名《刘千病打独角牛》

自话 要组建高效的团队，必须注重树立成员间的共同目标。

诗文 同德则同心，同心则同志。

——《国语》

自话 每个人都有长处和短处，要学会扬长避短。

诗文 智者不用其所短，而用愚人之所长；不用其所拙，而用愚人之所工。

——《鬼谷子》

自话 与人交往先让对方表现，知其想法再作回应。

诗文 人言者，动也；己默者，静也。因其言，听其辞。

——《鬼谷子》

自话 无论遇到什么事情，都要喜怒不形于色。

诗文 貌者，不美又不恶，故至情托焉。

——《鬼谷子》

自话 不要以貌取人。

诗文 人不可貌相，海水不可斗量。

—— [明]冯梦龙《醒世恒言》

`自话` 朋友易交，知音难求。

`诗文` 春风满面皆朋友，欲觅知音难上难。

—— [明]冯梦龙《警世通言》

`自话` 礼数周全，别人总不会怪罪。

`诗文` 礼多人不怪。

—— [清]李伯元《官场现形记》

`自话` 人会受到周围人的影响。

`诗文` 近朱者赤，近墨者黑。

—— [晋]傅玄《太子少傅箴》

`自话` 彼此保持适当距离，才能留有好的印象，维护好双方感情。

`诗文` 但看三五日，相见不如初。

—— [明]佚名《增广贤文》

`自话` 金钱容易让人失去理性判断。

`诗文` 有钱道真语，无钱语不真。

—— [明]佚名《增广贤文》

`自话` 人情并不总是可靠的。

`诗文` 人情莫道春光好，只怕秋来有冷时。

—— [明]佚名《增广贤文》

自话 多说善意的话，少用言语伤害别人。

诗文 良言一句三冬暖，恶语伤人六月寒。

—— [明]佚名《增广贤文》

自话 受制于人就要暂且忍耐。

诗文 在人矮檐下，怎敢不低头。

—— [明]施耐庵《水浒传》

自话 做人别太较真儿，要有包容之心。

诗文 持身不可太皎洁，一切污辱垢秽要茹纳得；与人不可太分
明，一切善恶贤愚要包容得。　　—— [明]洪应明《菜根谭》

自话 做人要低调、谦和。

诗文 善胜敌者，不与；善用人者，为之下。

——《道德经》

自话 学会以退为进，方为不争之争。

诗文 夫唯不争，故天下莫能与之争。

——《道德经》

自话 少管闲事，不要到处说三道四。

诗文 彼说长，此说短。不关己，莫闲管。

—— [清]李毓秀《弟子规》

自话 关爱和尊敬是相互的。

诗文 爱人者，人恒爱之；敬人者，人恒敬之。

——《孟子》

自话 面对各种人际关系，要善于变通，宽容待人。

诗文 遇方便时行方便，得饶人处且饶人。

—— [明]吴承恩《西游记》

自话 因立场、阅历不同，众人对同一事情的看法不尽相同。

诗文 仁者见之谓之仁，知者见之谓之知。

——《周易》

自话 才能或品行出众的人，容易遭到嫉妒、指责。

诗文 木秀于林，风必摧之；堆出于岸，流必湍之；行高于

人，众必非之。　　　　　　—— [三国]李康《运命论》

自话 要以开放的心态和包容的态度，去结识不同的人。

诗文 人生交契无老少，论交何必先同调。

—— [唐]杜甫《徒步归行》

自话 做人要知恩图报。

诗文 欲报之德，昊天罔极。

——《诗经·小雅·蓼莪》

自话 互送礼物是情感交流的一种方式，不必在意礼物是否贵重。

诗文 投我以木瓜，报之以琼琚。匪报也，永以为好也！

——《诗经·卫风·木瓜》

自话 兄弟间虽有分歧，但要在关键时刻团结一致。

诗文 兄弟阋于墙，外御其侮。

——《诗经·小雅·常棣》

自话 人际关系不可强求，要耐心等对方了解自己，认识自己。

诗文 人未己知，不可急求其知；人未己合，不可急与之合。

—— [清]金缨《格言联璧》

自话 紧急危难中方见真交情，平常交好看不出什么。

诗文 相知在急难，独好亦何益。

—— [唐]李白《君马黄》

自话 人心复杂，世态炎凉，不要轻信他人。

诗文 白首相知犹按剑，朱门先达笑弹冠。

—— [唐]王维《酌酒与裴迪》

自话 每逢节日，都更加思念亲人。

诗文 独在异乡为异客，每逢佳节倍思亲。

—— [唐]王维《九月九日忆山东兄弟》

自话 年长友渐少，众人大多在追名逐利。

诗文 朋交日凋谢，存者逐利移。

—— [唐]韩愈《寄崔二十六立之》

自话 患难见真情。

诗文 吾荣时招之始来，吾患时不招自来，真友哉。

—— [明]王肯堂《交友》

自话 兄弟之间应和睦相处，朋友之间要讲究诚信。

诗文 兄弟敦和睦，朋友笃信诚。

—— [唐]陈子昂《座右铭》

自话 妯娌之间要互相包容，保持适当的距离。

诗文 娣姒者，多争之地也。

——《颜氏家训》

自话 情不投、意不合的人，很难成为朋友。

诗文 道不同，不相为谋。

——《论语》

自话 损害他人就是损害自己，爱护他人就是爱护自己。

诗文 损人即自损也，爱人即自爱也。

—— [清]黄宗羲《宋元学案》

自话 如果爱情足够坚定，不必在乎是否朝夕相处。

诗文 两情若是久长时，又岂在朝朝暮暮。

—— [宋]秦观《鹊桥仙·纤云弄巧》

自话 建立在利益之上的友情不可靠。

诗文 以势交者，事倾则绝；以利交者，利穷则散。

—— [隋]王通《中说》

自话 不要违背众人的意愿，一意孤行只会导致失败。

诗文 众怒难犯，专欲难成。

——《左传》

自话 两个事物相依相存，一方受损，另一方必然跟着遭殃。

诗文 辅车相依，唇亡齿寒。

——《左传》

自话 人们追求利益是一种普遍现象。

诗文 天下熙熙，皆为利来；天下攘攘，皆为利往。

——《史记·货殖列传》

自话 同情心的施与需要恰当的时机。

诗文 同情要在人弱时施给，才能容易使人认识那份同情。

—— [现当代]梁实秋《病》

自话 说说笑笑、享受快乐，我要这样度过一生。

诗文 语笑且为乐，吾将达此生。

—— [唐]王维《与卢象集朱家》

自话 仰头大笑潇洒出门，迎着春风独自欢舞。

诗文 仰天大笑出门去，独对春风舞一场。

—— [宋]石延年《偶成》

自话 在春天尽情歌唱欢笑，不要让壮志在秋天消沉。

诗文 歌笑当及春，无令壮志秋。

—— [唐]徐彦伯《拟古三首·其三》

自话 希望你总是带着美丽的笑容，与身边人共享幸福时光。

诗文 愿得常巧笑，携手同车归。

—— [汉]佚名《古诗十九首·凛凛岁云暮》

自话 尽情享受快乐时光，不要被烦恼困扰。

诗文 醉里且贪欢笑，要愁那得工夫。

—— [宋]辛弃疾《西江月·遣兴》

自话 我们相逢后还能有什么事呢？一笑间所有忧虑都没了。

诗文 相逢复何事，一笑万虑寂。

—— [宋]朱松《彦时过永和见和拙句辄复次韵以发一笑》

自话 如果不开怀大笑，怎么对得起这美好的时光呢？

诗文 不展芳尊开口笑，如何消得此良辰。

—— [明]唐寅《元宵》

自话 开怀大笑，高高举起玉杯，尽情享受天真烂漫的快乐。

诗文 大笑举玉杯，陶然任天真。

—— [宋]梅尧臣《谨赋》

自话 你满脸洋溢着如春风般的笑容，像观音菩萨一样自在。

诗文 春风满面笑容开。长似观音自在。

—— [宋]佚名《西江月·八月秋中玉律》

自话 愿你看淡名利权势，用笑容面对生活中的得失。

诗文 生前一笑轻九鼎，魏武何悲铜雀台。

—— [唐]李白《鲁郡尧祠送窦明府薄华还西京》

自话 每当得到上天的眷顾笑一笑，好像万物都迎来了春天。

诗文 每蒙天一笑，复似物皆春。

—— [唐]杜甫《能画》

自话 小酌几杯，度过漫漫长夜；开怀大笑，度过今后余生。

诗文 小酌酒巡销永夜，大开口笑送残年。

—— [唐]白居易《雪夜小饮赠梦得》

自话 无论贫穷还是富有都要快乐，不开口笑的人是傻瓜。

诗文 随富随贫且欢乐，不开口笑是痴人。

—— [唐]白居易《对酒五首·其二》

自话 暂且享受此刻的欢笑与亲密相处，先别管明天是阴是晴。

诗文 片时欢笑且相亲，明日阴晴未定。

—— [宋]朱敦儒《西江月·世事短如春梦》

自话 不如独自有所感悟时，尽情大笑释放自己的真性情。

诗文 不如独悟时，大笑放清狂。

—— [唐]皎然《戏作》

自话 及时的甘霖贵如油，当下尽欢则心中无忧。

诗文 甘寸及时贵似油。今朝欢乐便无愁。

—— [元]刘处玄《定风波·甘寸及时贵似油》

自话 从万里外归来却更显年轻，微笑间还带着岭梅香气。

诗文 万里归来颜愈少。微笑，笑时犹带岭梅香。

—— [宋]苏轼《定风波·南海归赠王定国侍人寓娘》

自话 世事如浮云变幻无常，我一笑置之，与我无关。

诗文 浮云苍狗幻，一笑不关余。

—— [宋]侯遗《茅山书院》

自话 面对世事，只需开怀大笑，别把世俗之情放在心上。

诗文 世事但知开口笑，俗情休要著心行。

—— [宋]梅尧臣《朝二首·其二》

自话 与兄弟们谈笑，尽情享受快乐；与宾客们举杯，不言忧愁。

诗文 谈笑弟兄从此乐，杯盘宾客莫言愁。

—— [宋]晁说之《赠韩侍郎》

自话 我们一起举杯欢笑，不必谈论人生的起起落落。

诗文 一尊开口笑，不必话升沈。

—— [五代十国]李中《舟次吉水逢蔡文庆秀才》

自话 无论何处相遇都要开怀大笑，人生能有几回这样的时刻呢？

诗文 在处相逢开口笑，一生能有几多时。

—— [宋]李新《即席次必强六绝句·其五》

自话 不如常开口欢笑，反正白发也不能减少。

诗文 便须开口笑，白发不胜删。

—— [宋]冯时行《夔州抚属陈行之座上作》

自话 没事就多开口笑笑，纵情喝酒、高歌来排遣烦恼。

诗文 无事且频开口笑。纵酒狂歌，销遣闲烦恼。

—— [宋]李之仪《蝶恋花·万事都归一梦了》

自话 长久沉默不语，只需一笑便舒展了眉头。

诗文 久默钳口，一笑伸眉。

—— [宋]释正觉《禅人写真求赞》

自话 日子过得随心自在又安乐，悠然自得且清闲。

诗文 腾腾且安乐，悠悠自清闲。

—— [唐]寒山《诗三百三首·其二六七》

自话 真正的快乐就要有笑容，不必拘束。

诗文 笑乐真情岂可无，乐而不笑是何拘。

—— [宋]晁说之《笑》

自话 很高兴能结识你，万千忧虑都在一笑间消散了。

诗文 独欣得吾子，万虑一笑空。

—— [宋]朱松《酬冯退翁见示之什》

自话 随性在溪山间欢笑逍遥，这份自在谁能约束？

诗文 随分溪山供笑傲，这一身、闲处谁能缚。

—— [宋]韩淲《贺新郎·病起情怀恶》

自话 愿你能够胸怀壮志，笑着去面对生活中的挑战。

诗文 笔蘸天河，手扪象纬，笑傲风云入壮题。

—— [元]周权《沁园春·再次韵》

自话 对着古今之事畅快大笑，趁着有兴致想去哪儿就去哪儿。

诗文 大笑了今古，乘兴便西东。

—— [宋]张元干《水调歌头·赠汪秀才》

自话 一笑之间便能获得真正的快乐，这样的快乐确实很难得。

诗文 一笑成真乐，此乐固难屡。

—— [宋]曹勋《山居杂诗九十首·其三十七》

自话 打开窗户笑对长风，坐观山间明月升起。

诗文 开轩笑长风，坐看山月吐。

—— [宋]范浚《题武康唐伯南扫月轩》

自话 笑着说烦恼也是修行，离家千里也像在自己家一样。

诗文 笑言烦恼真佛事，去家千里犹吾家。

—— [宋]范浚《赠清鉴上人》

自话 笑着脱下衣装拍去尘土，拄杖漫步在水光中。

诗文 笑脱尘衫扑软红，杖藜徙倚水光中。

—— [宋]晁公武《夏日过庄严寺僧索诗为留三绝·其二》

自话 独自行走，拾起黄叶，一笑之间，群山都变得重重叠叠。

诗文 孤行拾黄叶，一笑千山重。

—— [宋]王铚《送纯师归眉山吉祥寺》

自话 十年没见很想念你，相逢一笑共同把酒言欢。

诗文 十年不见怀芝宇，一笑相逢付曲生。

—— [宋]吴芾《和韩子云见寄四首·其四》

自话 对世事的烦恼已经参悟很久了，对着清泉畅快地开怀大笑。

诗文 鼠肝虫臂冥心久，一笑掀髯对湛泉。

—— [宋]徐鹿卿《送周干》

自话 长时间心情不佳，看着连绵的雨，笑觉老天也很傻。

诗文 经旬怀不展，积雨笑天痴。

—— [明]李孙宸《苦雨》

自话 俯仰之间，对着广阔的天地大笑，感慨岁月的流逝。

诗文 俯仰笑寥廓，蹉跎感岁年。

—— [明]李孙宸《金陵归思漫成百韵》

自话 随手割蓬蒿搭个草屋，围坐笑谈，日子惬意悠长。

诗文 谩剪蓬蒿筑草堂，班荆笑语日舒长。

—— [明]黄公辅《答陈芬阁》

自话 七十多年逍遥自在，笑对世事沉浮变幻。

诗文 七十余年闲笑傲，百千变态任浮沉。

—— [明]黄公辅《寿子荣侄》

自话 置身天地间畅快地说笑，悠然享受着由此带来的快乐。

诗文 谈笑乾坤间，怡然遂所乐。

—— [明]丘衍箕《七峰耸翠》

自话 回头嫣然一笑，刹那间，似有清爽微风拂面。

诗文 回眸一笑清风生。

—— [明]清濋《多景楼》

自话 像看待一勺水般笑对沧海，把千钧重看得如蝉翼轻。

诗文 勺水笑沧溟，千钧视蝉翼。

—— [清]刘大櫆《杂诗七首·其三》

自话 开开心心出城去，笑着和挡路的优昙树打了个照面。

诗文 欣然一笑出郭去，几树当路逢优昙。

—— [清]刘大櫆《郭外看花》

自话 看书时自己笑起来，看山时觉得傍晚的景色更美好了。

诗文 把卷忽自笑，看山更晚妍。

—— [清]姚范《宿庐江·其一》

自话 船夫们欢歌笑语驶向江门，一叶扁舟从早漂到晚。

诗文 篙师歌笑下江门，一叶风帆挂晓昏。

—— [清]王又曾《江行杂诗十二首·其一》

自话 独自靠着高楼满脸喜笑，花儿都眷顾我这白发人。

诗文 独倚层楼生喜笑，花枝齐眷白头人。

—— [近现代]张采庵《江楼秋思·其八》

自话 不妨笑着畅饮一整晚，再次相聚时，希望能摆脱穷困。

诗文 一笑不妨长夜饮，重来差减十年贫。

—— [近现代]傅子馀《壬寅岁杪诸生置酒市楼汤曾二君同饮是夕大醉》

自话 眼前野花、庄稼一片繁盛，我笑着调侃山川认不出自己了。

诗文 笑指山川应不识，花满野，黍盈畴。

—— [近现代]程千帆《唐多令·乙丑九月登黄鹤楼》

自话 展颜一笑便足以消除忧愁，丝竹管弦等娱乐已不再挂怀。

诗文 一笑足销忧，丝竹非所忆。

—— [高丽]李奎报《明日独坐书怀》

自话 拥有死后显赫的功名，比不上生前的开怀欢笑。

诗文 麒麟阁上功名字，不博生前一笑欢。

—— [金]史肃《次韵安之饮酒》

自话 莫谈世间波折事，且在灯前尽情享受欢快的笑语声。

诗文 莫谈世上风涛事，且尽灯前笑语声。

—— [明]湛若水《送少司成鲁振之先生谢病携其子侄归竟陵十六韵》

自话 双手抱胸微笑，像有浮云在胸膛里升腾。

诗文 两手捧怀笑，浮云生我胸。

—— [明]湛若水《明月吟三章·其二》

自话 陈桥驿那数万士兵的纷扰喧嚣，抵不过陈抟堕驴时的一笑。

诗文 陈桥数万之扰扰，不供堕驴之一笑。

—— [明]湛若水《题华山希夷睡图》

自话 春风中万紫千红，一笑解千愁。

诗文 春风花万树，一笑奈吾何。

—— [明]王九思《又戏作》

自话 一起游览充满欢歌笑语的地方，即便风雨交加又有何妨。

诗文 同游歌笑地，风雨亦何妨。

—— [明]王九思《将往浒西遇雨呈诸君子》

自话 如今幸得安宁，可开怀一笑。

诗文 如今幸宁谧，一笑可开口。

—— [明]费宏《腊八日省牲》

自话 自古以来片刻光阴贵比千金，一笑之间烦恼皆减轻。

诗文 寸阴自古千金重，一笑人间万虑轻。

—— [宋]黄公度《春日宴共乐台》

自话 只要主人能让宾客喝得尽兴就可以。

诗文 但使主人能醉客，不知何处是他乡。

—— [唐]李白《客中作》

自话 天快黑了，大雪将至，能否一顾寒舍共饮一杯暖酒？

诗文 晚来天欲雪，能饮一杯无？

—— [唐]白居易《问刘十九》

自话 今天不醉不归。

诗文 一生大笑能几回，斗酒相逢须醉倒。

—— [唐]岑参《凉州馆中与诸判官夜集》

自话 有花有酒就十分惬意，虽夜无灯烛，有明月照耀就足够亮。

诗文 有花有酒春常在，无烛无灯夜自明。

—— [清]蒲松龄《聊斋志异》

自话 今天大家就痛快地喝酒。

诗文 人生有酒须当醉，一滴何曾到九泉。

—— [宋]高翥《清明日对酒》

自话 与朋友相逢，彼此意气相投，便开怀畅饮。

诗文 相逢意气为君饮，系马高楼垂柳边。

—— [唐]王维《少年行四首·其一》

自话 相逢便是缘，喝完这杯酒，咱们就是朋友。

诗文 一杯相属成知己，何必平生是故人。

—— [明]高启《逢张架阁》

自话 值此良辰美景，让我们把酒言欢，尽情享受。

诗文 清夜无尘，月色如银。酒斟时、须满十分。

—— [宋]苏轼《行香子·述怀》

自话 风光正好，让我们尽情喝酒。

诗文 报答春光知有处，应须美酒送生涯。

—— [唐]杜甫《江畔独步寻花七绝句·其三》

自话 意见相合，千杯嫌少。

诗文 酒逢知己千杯少。

—— [宋]佚名《名贤集》

自话 人生得意就要尽情享受，不要让金杯无酒空对明月。

诗文 人生得意须尽欢，莫使金樽空对月。

—— [唐]李白《将进酒·君不见》

自话 听了您的话，很激励人心，干杯！

诗文 今日听君歌一曲，暂凭杯酒长精神。

—— [唐]刘禹锡《酬乐天扬州初逢席上见赠》

自话 我敬你一杯，请你不要推辞。

诗文 劝君金屈卮，满酌不须辞。

—— [唐]于武陵《劝酒》

自话 我敬你一杯，请你开心一点。

诗文 酌酒与君君自宽，人情翻覆似波澜。

—— [唐]王维《酌酒与裴迪》

自话 人生苦短，不如再喝一杯，别浪费这难得的欢聚时光。

诗文 劝君更饮一杯酒，一月人生笑几回。

—— [宋]韦骧《劝酒》

自话 相遇就是缘分，一起喝个痛快，别管明天在哪里！

诗文 相逢须共醉，不必问天涯。

—— [元]胡奎《劝酒》

自话 悠然自在很清闲，笑着看向闲云，它恰似我这般悠闲。

诗文 翛然此外更何事，笑向闲云似我闲。

—— [唐]皎然《戏题松树》

自话 休要推辞这杯酒，莫要辜负我诚挚劝酒的心意。

诗文 莫辞盏酒十分劝，只恐风花一片飞。

—— [宋]程颢《郊行即事》

自话 人生有酒就应尽情欢乐，何须在意身后千年虚名？

诗文 且乐生前一杯酒，何须身后千载名？

—— [唐]李白《行路难三首·其三》

自话 远行万里之外求取功名，万千心事全寄托在这一杯酒中。

诗文 功名万里外，心事一杯中。

—— [唐]高适《送李侍御赴安西》

自话 要珍惜主人的心意，这酒中饱含着主人深厚的情谊。

诗文 珍重主人心，酒深情亦深。

—— [唐]韦庄《菩萨蛮·劝君今夜须沉醉》

自话 身为孤苦困顿之人，谢主人盛情款待，祝愿大家长寿。

诗文 零落栖迟一杯酒，主人奉觞客长寿。

—— [唐]李贺《致酒行》

自话 感谢你对我的照顾，以后有机会一定报答。

诗文 感君遇我厚，肝胆每倾竭。

—— [宋]袁燮《送赵冶晦之》

自话 这么多佳肴美酒，感谢主人的盛情款待。

诗文 炊金爨玉，谢款客之隆。

—— [明]程登吉《幼学琼林》

自话 诗文唱和，觥筹交错，其乐无疆。

诗文 重殷勤，深眷恋，谢诸公。佳篇继之以酒，情与礼俱通。

—— [元]张之翰《水调歌头》

自话 难得有你这样的知己，这杯酒我敬你。

诗文 古说感恩，不如知己，卮酒为公安足辞？

—— [清]陈维崧《赠别芝麓先生，即用其题〈乌丝词〉韵》

自话 明年我们还能再见面吗？

诗文 今年花胜去年红，可惜明年花更好，知与谁同？

—— [宋]欧阳修《浪淘沙·把酒祝东风》

自话 我不在乎家徒四壁，宁愿花重金买欢笑，陶醉在春风里。

诗文 我生不顾四壁空，千金买笑醉春风。

—— [宋]邓肃《质夫和来》

自话 人情世故是一门学问。

诗文 世事洞明皆学问，人情练达即文章。

—— [清]曹雪芹《红楼梦》

自话 当一个人失势处于低谷时，身边的人往往变得冷漠无情。

诗文 势败休云贵，家亡莫论亲。

—— [清]曹雪芹《红楼梦》

自话 与人交往时，可以通过表面言辞引导对方透露真实想法。

诗文 用于人，则空往而实来。

——《鬼谷子》

自话 投其所好可以迅速拉近与他人的距离。

诗文 人之有好也，学而顺之。

——《鬼谷子》

自话 以恩情相交的是知己，能坦诚相待的是知心。

诗文 恩德相结者，谓之知己；腹心相照者，谓之知心。

—— [明]冯梦龙《警世通言》

自话 知心话只说给知音听，不要什么人都说。

诗文 知音说与知音听，不是知音不与谈。

—— [明]冯梦龙《警世通言》

自话 人微言轻，不要轻易去劝诫他人。

诗文 力微休负重，言轻莫劝人。

—— [明]佚名《增广贤文》

自话 祸易从口出，说话要谨慎。

诗文 一言足以召大祸，故古人守口如瓶，惟恐其覆坠也。

—— [清]王永彬《围炉夜话》

自话 要保持和善，以平和的心态应对事物。

诗文 和气迎人，平情应物。抗心希古，藏器待时。

—— [清]王永彬《围炉夜话》

自话 不要随意对人评头论足，指指点点。

诗文 人之患在好为人师。

——《孟子》

自话 一个人的眼神能透露出内心的善恶。

诗文 听其言也，观其眸子，人焉廋哉?

——《孟子》

自话 依靠钱财结交的朋友不可靠。

诗文 以财事人者，财尽而交疏。

—— [汉]刘向《说苑》

自话 人情世故，讲究的是礼尚往来。

诗文 礼尚往来。往而不来，非礼也；来而不往，亦非礼也。

——《礼记》

自话 做人要懂得谦让和分享。

诗文 路径窄处，留一步与人行；滋味浓的，减三分让人嗜。

—— [明]洪应明《菜根谭》

自话 要学会把握时机，懂得进退得宜的交际原则。

诗文 行不去，须知退一步之法；行得去，务加让三分之功。

—— [明]洪应明《菜根谭》

自话 物以类聚，人以群分，要亲近君子而远离小人。

诗文 君子与君子以同道为朋，小人与小人以同利为朋。

—— [宋]欧阳修《朋党论》

自话 与人交往，要慢慢了解后再决定是否深交。

诗文 先淡后浓，先疏后亲，先远后近，交友道也。

—— [明]陈继儒《小窗幽记》

自话 对待别人要态度和蔼。

诗文 善气迎人，亲如弟兄；恶气迎人，害于戈兵。

——《管子》

自话 善于和别人打交道的人，相处越久，别人越敬重他。

诗文 善与人交，久而敬之。

——《论语》

自话 失意书生在现实中遭冷遇，因志向难伸而内心苦闷。

诗文 十有九人堪白眼，百无一用是书生。

—— [清]黄景仁《杂感》

两情相悦

第三章

自话 在秋风白露的七夕相会，就已胜过世间无数良缘。

诗文 金风玉露一相逢，便胜却人间无数。

—— [宋]秦观《鹊桥仙·纤云弄巧》

自话 不管生死聚散，我和你约定，彼此携手相伴一辈子。

诗文 死生契阔，与子成说。执子之手，与子偕老。

——《诗经·邶风·击鼓》

自话 南方的红豆又长出来了，记得多摘点，此物最能寄托相思。

诗文 红豆生南国，春来发几枝。愿君多采撷，此物最相思。

—— [唐]王维《相思》

自话 我的心意如同芳菲的花草，希望它永不磨灭。

诗文 赠君比芳菲，受惠常不灭。

—— [唐]乔知之《杂曲歌辞·定情篇》

自话 我爱你的心非常坚定，不会更改。

诗文 我心匪石，不可转也。我心匪席，不可卷也。

——《诗经·邶风·柏舟》

自话 彼此暗恋却不能言说，这份心意只有你我两心知晓。

诗文 不得语，暗相思。两心之外无人知。

—— [唐]白居易《潜别离》

自话 你见我后害羞地跑开，倚着门回头张望，假装在嗅青梅。

诗文 和羞走，倚门回首，却把青梅嗅。

—— [宋]李清照《点绛唇·蹴罢秋千》

自话 我等的那个人原来就在我身边。

诗文 众里寻他千百度。蓦然回首，那人却在，灯火阑珊处。

—— [宋]辛弃疾《青玉案·元夕》

自话 初见少年的你，你如同风中含笑绽放的桃花般美好。

诗文 年少刘郎初见时，似笑东风三两枝。

—— [宋]李新《桃花》

自话 笑着相遇，我仿佛看见两棵玉树依偎，周身洒满暖光。

诗文 笑相遇，似觉琼枝玉树相倚，暖日明霞光烂。

—— [宋]周邦彦《拜星月慢·夜色催更》

自话 你无须涂抹浓妆，淡妆就很美，宛如春日里淡雅的花朵。

诗文 朱粉不深匀，闲花淡淡春。

—— [宋]张先《醉垂鞭·双蝶绣罗裙》

自话 水堂西面画帘低垂，你我携手私下约定未来。

诗文 水堂西面画帘垂，携手暗相期。

—— [唐]韦庄《荷叶杯·记得那年花下》

自话 只希望你的心如同我的心，不辜负这相思的情意。

诗文 只愿君心似我心，定不负相思意。

—— [宋]李之仪《卜算子·我住长江头》

自话 你像洛阳名花，我似武昌柔柳，盼能借春风而牵手。

诗文 郎如洛阳花，妾似武昌柳。两地惜春风，何时一携手。

—— [隋]张碧兰《寄阮郎诗》

自话 想你的心就像那西江水，日日夜夜流淌没停过。

诗文 忆君心似西江水，日夜东流无歇时。

—— [唐]鱼玄机《江陵愁望寄子安》

自话 把我的心和你的心互换，才知道彼此相思有多深。

诗文 换我心，为你心，始知相忆深。

—— [五代十国]顾夐《诉衷情·永夜抛人何处去》

自话 我愿意化作西南风，长久地吹入你的怀中。

诗文 愿为西南风，长逝入君怀。

—— [三国]曹植《七哀诗》

自话 月亮爬上柳树枝头，咱俩黄昏后浪漫赴约。

诗文 月上柳梢头，人约黄昏后。

—— [宋]欧阳修《生查子·元夕》

自话 桂花在花中是第一流的，你在我心里也是。

诗文 何须浅碧深红色，自是花中第一流。

—— [宋]李清照《鹧鸪天·桂花》

自话 愿咱俩像鸳鸯交颈相伴千年，如琴瑟和谐共度百年。

诗文 鸳鸯交颈期千岁，琴瑟谐和愿百年。

—— [唐]李郢《为妻作生日寄意》

自话 真希望自己能如那亭亭明月，伴你走过千里路程。

诗文 愿身能似月亭亭，千里伴君行。

—— [宋]张先《江南柳·隋堤远》

自话 人群中你回首一笑，世间颜色都黯淡如尘土。

诗文 众里嫣然通一顾，人间颜色如尘土。

—— [近代]王国维《蝶恋花·窈窕燕姬年十五》

自话 咱俩心连着心，你是我一辈子的至爱。

诗文 心心复心心，结爱务在深。

—— [唐]孟郊《结爱》

自话 你眼神灵动，吐气如兰，十分美丽。

诗文 转眄流精，光润玉颜。含辞未吐，气若幽兰。

—— [三国]曹植《洛神赋》

自话 用尽世间最美的语言，也无法表述我的深情。

诗文 千金纵买相如赋，脉脉此情谁诉。

—— [宋]辛弃疾《摸鱼儿·更能消几番风雨》

自话 你的脸庞如荷花般艳丽，令我心醉！

诗文 荷叶罗裙一色裁，芙蓉向脸两边开。

—— [唐]王昌龄《采莲曲》

自话 只愿与你恩爱一生，生活幸福美满。

诗文 惟愿取，恩情美满，地久天长。

—— [清]洪昇《长生殿》

自话 你笑起来好迷人！

诗文 媚眼随羞合，丹唇逐笑分。

—— [南北朝]何思澄《南苑逢美人》

自话 和相爱的人相伴到老，永不分离。

诗文 愿得一心人，白头不相离。

—— [汉]卓文君《白头吟》

自话 你对我若像磐石一样坚定，我定会像蒲苇般坚韧。

诗文 君当作磐石，妾当作蒲苇。

—— [汉]佚名《孔雀东南飞》

自话 你的气质真好！

诗文 俏丽若三春之桃，清素若九秋之菊。

—— [清]曹雪芹《红楼梦》

自话 当初我就和你约定，永结同心，白头偕老。

诗文 当来便约，永结同心偕老。

—— [宋]柳永《八六子·如花貌》

自话 我们立誓，从今往后要像鸾凤一样恩爱相守。

诗文 海誓山盟，从今结了，永效鸾凰。

—— [宋]佚名《柳梢青·孺子风流》

自话 天地做证，我对你许下的诺言，字字皆真情。

诗文 天有神，地有神，海誓山盟字字真。

—— [宋]张幼谦《长相思·天有神》

自话 我对你盟誓，永结同心。

诗文 紫丝罗带鸳鸯结，的的镜盟钗誓。

—— [宋]朱嗣发《摸鱼儿·对西风》

自话 愿你我今后相互扶持，永结同心。

诗文 君为女萝草，妾作菟丝花。

—— [唐]李白《古意》

自话 我和你心心相印。

诗文 身无彩凤双飞翼，心有灵犀一点通。

———— [唐]李商隐《无题·昨夜星辰昨夜风》

自话 相思如海，往事如烟。

诗文 相思似海深，旧事如天远。

———— [宋]乐婉《卜算子·答施》

自话 你容貌皎洁明媚，肤白似雪。

诗文 垆边人似月，皓腕凝霜雪。

———— [唐]韦庄《菩萨蛮·人人尽说江南好》

自话 送给你潺潺流水般的情意。

诗文 赠君比潺湲，相思无断绝。

———— [唐]乔知之《杂曲歌辞·定情篇》

自话 在秋风里眼巴巴地看着远方想你。

诗文 相思无因见，怅望凉风前。

———— [唐]李白《折荷有赠》

自话 道路漫长，何时能相见？

诗文 道路阻且长，会面安可知？

———— [汉]佚名《古诗十九首·行行重行行》

自话 希望我们能像星月一样，夜夜相互辉映，洁白明亮。

诗文 愿我如星君如月，夜夜流光相皎洁。

—— [宋]范成大《车遥遥篇》

自话 我愿永远伴你左右。

诗文 愿作远方兽，步步比肩行。愿作深山木，枝枝连理生。

—— [唐]白居易《长相思》

自话 在这仙境与你一笑相逢，胜过人间风月美景。

诗文 一笑相逢蓬海路。人间风月如尘土。

—— [宋]周邦彦《蝶恋花·鱼尾霞生明远树》

自话 第一次遇见你，你眼神明亮、黛眉浅淡，美丽动人。

诗文 浣花溪上见卿卿，眼波明，黛眉轻。

—— [唐]张泌《江城子·浣花溪上见卿卿》

自话 很幸运让我遇见了你。

诗文 东城南陌花下，逢著意中人。

—— [宋]晏殊《诉衷情·青梅煮酒斗时新》

自话 盼能与你相伴到白头，这份爱意只有你我知晓。

诗文 愿得相看成白首，风情长遣两心知。

—— [清]彭孙遹《无题同贻上作》

自话 能遇见你真是幸运。

诗文 今夕何夕，见此良人？

——《诗经·唐风·绸缪》

自话 夫妻和睦才会家境殷实。

诗文 夫妇和而后家道成。

—— [明]程登吉《幼学琼林》

自话 希望能与你成为一对鸿鹄，一起奋力展翅高飞。

诗文 愿为双鸿鹄，奋翅起高飞。

—— [汉]佚名《古诗十九首·西北有高楼》

自话 我对你的情意坚定，任何事情都无法改变。

诗文 我心匪石情难转，志夺秋霜意不移。

—— [唐]程长文《狱中书情上使君》

自话 心里藏着对你深深的爱恋，却始终无法说出口。

诗文 心乎爱矣，遐不谓矣？中心藏之，何日忘之！

——《诗经·小雅·隰桑》

自话 上天不会违背人的心愿，所以让我见到了你。

诗文 天不绝人愿，故使侬见郎。

—— [晋]佚名《子夜歌四十二首·其二》

自话 你懂我情，我知你心，让上天为我们做证吧！

诗文 知我意，感君怜，此情须问天。

——[唐]温庭筠《更漏子·金雀钗》

自话 希望我们能相伴终生，不离不弃，一直到老。

诗文 镇相随、莫抛躲，针线闲拈伴伊坐。

—— [宋]柳永《定风波·自春来惨绿愁红》

自话 夫妻二人情投意合、心意相通，生活和谐美满。

诗文 结同心尽了今生，琴瑟和谐，鸾凤和鸣。

—— [元]徐琰《蟾宫曲》

自话 希望我们能化作心心相印的鸿鹄，结伴高飞。

诗文 愿为双飞鸿，百岁不相离。

—— [明]胡应麟《拟古二十首·其八》

自话 我们安稳朴素度日，白头到老。

诗文 庶保贫与素，偕老同欣欣。

—— [唐]白居易《赠内》

自话 我愿如影随形伴你左右。

诗文 愿为影兮随君身。君在阴兮影不见，君依光兮妾所愿。

—— [晋]傅玄《车遥遥篇》

第四章

拒绝内耗

自话 不以物喜，不以己悲，顺应自然。

诗文 心似白云常自在，意如流水任东西。

—— [明]许仲琳《封神演义》

自话 人生不定、匆匆无常，对世事变迁应保持豁达之态。

诗文 人生到处知何似，应似飞鸿踏雪泥。

—— [宋]苏轼《和子由渑池怀旧》

自话 活在当下，享受生活。

诗文 休对故人思故国，且将新火试新茶。诗酒趁年华。

—— [宋]苏轼《望江南·超然台作》

自话 学会面对现实，避免过度纠结和内耗。

诗文 有道难行不如醉，有口难言不如睡。

—— [宋]苏轼《醉睡者》

自话 学会放下执念和妄念，减少内心的纷扰和内耗。

诗文 到得还来别无事，庐山烟雨浙江潮。

—— [宋]苏轼《观潮》

自话 抛却浮名追求闲雅情趣，莫将生命付虚名。

诗文 几时归去，作个闲人。对一张琴，一壶酒，一溪云。

—— [宋]苏轼《行香子·述怀》

自话 岁月匆匆，即使忙碌，也要保持内心的平和。

诗文 我问沧海何时老，清风问我几时闲。

—— [元]高克恭《怡然观海》

自话 内心的平静和安宁比外在的任何享乐都更加重要。

诗文 与其有乐于身，孰若无忧于其心。

—— [唐]韩愈《送李愿归盘谷序》

自话 要有超然物外、淡泊名利的生活态度。

诗文 你富贵，你荣华，我自关门睡。

—— [宋]赵长卿《蓦山溪·遣怀》

自话 学会以超脱世俗、顺应天意的哲学态度来对待人生。

诗文 明日人间事，天自有安排。

—— [宋]傅大询《水调歌头·草草三间屋》

自话 大家一起享受悠闲快乐的生活。

诗文 他出一对鸡，我出一个鹅，闲快活。

—— [元]关汉卿《四块玉·闲适》

自话 用一种闲适、随性的心境对待生活。

诗文 不拟人间更求事，些些疏懒亦何妨。

—— [唐]白居易《南龙兴寺残雪》

自话 应以悠然自得、闲适自在的态度面对生活。

诗文 徐行不记山深浅，一路莺啼送到家。

—— [明]杨基《天平山中》

自话 保持超脱淡泊之心，追求内心宁静之境。

诗文 别人笑我忒风颠，我笑他人看不穿。不见五陵豪杰墓，无花无酒锄作田。

—— [明]唐寅《桃花庵歌》

自话 面对是非，应保持钝感与宽容，以减少内耗。

诗文 是非入耳君须忍，半作痴呆半作聋。

—— [明]唐寅《警世》

自话 要乐观接受命运的安排。

诗文 乐天知命，故不忧；安土敦乎仁，故能爱。

——《周易》

自话 心无杂念，便是好时光。

诗文 若无闲事挂心头，便是人间好时节。

—— [宋]无门慧开《颂平常心是道》

自话 容易满足就常常感到快乐，能够包容就自然感到安定。

诗文 知足常乐，能忍自安。

—— [清]金缨《格言联璧》

自话 过去的事，不必再提。

诗文 成事不说，遂事不谏，既往不咎。

——《论语》

自话 不主观，不固执，不自以为是。

诗文 毋意、毋必、毋固、毋我。

——《论语》

自话 清净心境，退一步海阔天空。

诗文 六根清净方成道，退后分明是向前。

—— [明]佚名《插秧歌》

自话 珍惜当下，享受生活。

诗文 人生难得秋前雨，乞我虚堂自在眠。

—— [宋]姜夔《平甫见招不欲往》

自话 与其杞人忧天，不如享受当下的宁静。

诗文 终日看山不厌山。寻思百计不如闲。

—— [宋]周紫芝《鹧鸪天·终日看山不厌山》

自话 抛却俗事的纷扰，专注内心探索与自然感悟。

诗文 夜静天高，看一片云光舒卷，顿令眼界俱空。

—— [明]洪应明《菜根谭》

自话 追求内心的平静与满足比获得物质财富更重要。

诗文 千载奇逢，无如好书良友；一生清福，只在碗茗炉烟。

—— [明]洪应明《菜根谭》

自话 应追求内心的自由与平和，不受外界事物束缚。

诗文 孤云出岫，去留一无所系，朗镜悬空，静躁两不相干。

—— [明]洪应明《菜根谭》

自话 珍惜眼前，勿念过往，积极生活。

诗文 满目山河空念远，落花风雨更伤春，不如怜取眼前人。

—— [宋]晏殊《浣溪沙·一向年光有限身》

自话 所有福报都源于内心，从心探寻则无所不通。

诗文 一切福田，不离方寸；从心而觅，感无不通。

—— [明]袁黄《了凡四训》

自话 过错虽多，皆由心生；我心若静，过错何来？

诗文 过有千端，惟心所造；吾心不动，过安从生？

—— [明]袁黄《了凡四训》

自话 凡事顺其自然，不可强求。

诗文 进退有命，迟速有时，澹然无求矣。

—— [明]袁黄《了凡四训》

自话 放下过去，才能重新开始。

诗文 从前种种，譬如昨日死；从后种种，譬如今日生。

—— [明]袁黄《了凡四训》

自话 要想追求成功，一定要有坚定的信心和平静的内心。

诗文 知止而后有定，定而后能静，静而后能安，安而后能

虑，虑而后能得。 ——《大学》

自话 不过分在意荣辱，保持平常心便好。

诗文 宠辱不惊，闲看庭前花开花落；去留无意，漫随天外云

卷云舒。 —— [明]陈继儒《小窗幽记》

自话 立己价值观与行事准则，不要被外界评价左右。

诗文 举世誉之而不加劝，举世非之而不加沮。

——《庄子》

自话 无法改变，就坦然接受。

诗文 知其不可奈何而安之若命，德之至也。

——《庄子》

自话 活在当下，享受人生。

诗文 不忘其所始，不求其所终。

——《庄子》

自话 与其在困境中勉强维持，不如放开手，各自安好。

诗文 相濡以沫，不如相忘于江湖。

——《庄子》

自话 忘记是非就会内心自在。

诗文 忘足，履之适也；忘要，带之适也；知忘是非，心之适也。

——《庄子》

自话 在物质欲望面前保持清醒，不要被物欲所困。

诗文 知足者不以利自累也。

——《庄子》

自话 外刑来自外力，内刑大多是自找的，要学会控制情绪。

诗文 为外刑者，金与木也；为内刑者，动与过也。

——《庄子》

自话 减少无谓的追求和焦虑，避免内耗。

诗文 达生之情者，不务生之所无以为；达命之情者，不务知之所无奈何。

——《庄子》

自话 学会放下不必要的欲望和负担，才能享受宁静的人生。

诗文 少欲觉身轻。心中无一物，其大浩然无涯。

—— [明]薛瑄《读书录》

自话 专注当下，享受生活。

诗文 茶一碗，酒一尊，熙熙天地一闲人。

—— [宋]王柏《夜宿赤松梅师房》

自话 所有得失都是浮云，珍惜当下，才能保持内心的平和。

诗文 人生得丧何须计？一任浮云过眼来。

—— [清]张止原《春暮书事》

自话 保持良好的心态，才能摆脱世俗的纷扰。

诗文 问君何能尔？心远地自偏。

—— [晋]陶渊明《饮酒·其五》

自话 做人、做事要学会忍耐和宽容。

诗文 必有忍，其乃有济；有容，德乃大。

——《尚书》

自话 即使面对困难，也要保持乐观。

诗文 风力掀天浪打头，只须一笑不须愁。

—— [宋]杨万里《闷歌行十二首·其一》

自话 享受懒散闲适、随心所欲的状态。

诗文 松阴一架半弓苔，偶欲看书又懒开。

—— [宋]杨万里《闲居初夏午睡起·其二》

自话 不要在乎阴晴变化，珍惜好时光。

诗文 阴晴圆缺都休说，且喜人间好时节。

—— [明]徐有贞《中秋月·中秋月》

自话 百年如梦，莫纠结人生得失。

诗文 须信百年都似梦，莫嗟万事不如人。

—— [宋]潘阆《樽前勉兄长》

自话 超然物外，宠辱不惊。

诗文 钟鼎山林都是梦，人间宠辱休惊。

—— [宋]辛弃疾《临江仙·再用前韵送祐之弟归浮梁》

自话 放下算计和烦恼，享受生活的乐趣和美好。

诗文 算不如闲，不如醉，不如痴。

—— [宋]辛弃疾《行香子·归去来兮》

自话 生命有尽头，何必又叹又愁呢？

诗文 人生亦有命，安能行叹复坐愁？

—— [南北朝]鲍照《拟行路难·其四》

自话 古往今来，世事变迁，不过如此。

诗文 白发渔樵江渚上，惯看秋月春风。

—— [明]杨慎《临江仙·滚滚长江东逝水》

自话 为人处世要懂得满足、顺其自然。

诗文 知足不辱，知止不殆，可以长久。

—— 《道德经》

自话 享受宁静的生活，减少内心的纷扰，避免内耗。

诗文 看山看水独坐，听风听雨高眠。

—— [元]徐贲《写意》

自话 学会看淡是非和纷争，减少内心的消耗和疲惫。

诗文 是非拂面尘，消磨尽，古今无限人。

—— [元]张可久《金字经·乐闲》

自话 要珍惜时间和精力，将其投入真正有意义的事情上。

诗文 繁忙，大多是一种蒸腾的消耗。

—— [当代]余秋雨《行者无疆》

自话 心事重源于过多的欲望、执念和忧虑，要学会放下。

诗文 不用什么心事，心事在人生活中，也就留不住了。

—— [现代]沈从文《边城》

自话 要保持谦逊和理性，避免陷入无意义的争斗和冲突中。

诗文 聪明人，无谓争意气。

—— [当代]亦舒《连环》

第五章

养生健康

自话 多食清淡的食物，不要追求过于丰盛的美味。

诗文 菽麦实所羡，孰敢慕甘肥。

—— [晋]陶渊明《有会而作》

自话 睡觉时不要张口呼吸，容易引发疾病。

诗文 暮卧常习闭口，口开即失气，且邪恶从口入，久而成消渴及失血色。

—— [唐]孙思邈《备急千金要方》

自话 饱餐后不要立即卧床休息，那样容易引发疾病。

诗文 饱食即卧乃生百病。

—— [唐]孙思邈《备急千金要方》

自话 应适度处理情感，避免极端情绪损害身心健康。

诗文 心有所爱，不用深爱，心有所憎，不用深憎，并皆损性伤神。

—— [唐]孙思邈《备急千金要方》

自话 不要吃生肉，应煮烂后再吃。

诗文 勿食生肉伤胃，一切肉惟须煮烂。

—— [唐]孙思邈《备急千金要方》

自话 冬不贪暖，夏不贪凉，有助于保持身体健康。

诗文 冬不欲极温，夏不欲穷凉。

—— [唐]孙思邈《备急千金要方》

自话 吃过东西后及时漱口，可减少口腔细菌滋生。

诗文 食毕当漱口数过，令人牙齿不败，口香。

—— [唐]孙思邈《备急千金要方》

自话 要注意情绪管理，保持平和的心态和健康的生活方式。

诗文 怒甚偏伤气，思多太损神。

—— [唐]孙思邈《养生铭》

自话 饭后散步有益健康。

诗文 食止行数百步，大益人。

—— [唐]孙思邈《摄养枕中方》

自话 过度追求美味和享受对身体有害，应有所节制。

诗文 夫香美脆味，厚酒肥肉，甘口而疾形。

——《韩非子》

自话 凡事要适可而止，恰到好处，过度则对人有害。

诗文 酒极则乱，乐极则悲。

——《史记》

自话 在有限的条件下，应尽可能地提高饮食的质量。

诗文 食不厌精，脍不厌细。

——《论语》

自话 按时进餐，可以减少疾病发生。

诗文 食能以时，身必无灾。

——《吕氏春秋》

自话 经常运动，能够保持旺盛的活力。

诗文 流水不腐，户枢不蠹，动也。

——《吕氏春秋》

自话 运动可以提高人的精、气、神，有益身体健康。

诗文 形不动则精不流，精不流则气郁。

——《吕氏春秋》

自话 五谷为生存之本，肉果菜为辅，需均衡营养。

诗文 五谷为养，五肉为益，五果为助，五菜为充。

——《黄帝内经》

自话 合理安排作息，适当运动，保持身体健康。

诗文 五劳所伤：久视伤血，久卧伤气，久坐伤肉，久立伤骨，久行伤筋。

——《黄帝内经》

自话 春季，应该入夜即睡，早些起床，多在园中散步。

诗文 春三月，此谓发陈。天地俱生，万物以荣，夜卧早起，广步于庭。

——《黄帝内经》

自话 吃得过饱不宜立即睡觉，否则会引发很多疾病。

诗文 食饱不可睡，睡则诸疾生。

—《黄帝内经》

自话 饮食一定要全面，不能偏食。

诗文 谷肉果菜，食养尽之。

—《黄帝内经》

自话 饮食过量会损伤肠胃健康。

诗文 饮食自倍，肠胃乃伤。

—《黄帝内经》

自话 要注重气血的养护。

诗文 血气者，人之神，不可不谨养。

—《黄帝内经》

自话 顺应自然规律，合理安排生活，是长寿的秘诀。

诗文 法于阴阳，和于术数，饮食有节，起居有常，不妄作劳，

故能形与神俱，而尽终其天年。 —《黄帝内经》

自话 心理健康与身体健康同样重要。

诗文 精神不运则愚，血脉不运则病。

—［清］魏裔介《琼琚佩语》

自话 根据自然规律的变化调养身体，对健康和长寿有益。

诗文 四时顺摄，晨昏护持，可以延年。

—— [明]龚廷贤《寿世保元》

自话 顺应自然，保持内心平静，对健康和长寿有益。

诗文 物来顺应，事过心宁，可以延年。

—— [明]龚廷贤《寿世保元》

自话 身体非常重要，养形是养生的首要任务。

诗文 吾之所赖者惟形耳，无形则无吾矣。

—— [明]张景岳《景岳全书》

自话 饮酒要适量，过量饮酒伤身体。

诗文 少饮尤佳，多饮伤神损寿，易人本性，其毒甚也。

—— [元]忽思慧《饮膳正要》

自话 食用变质的食物对人体有害。

诗文 秽饭、馁肉、臭鱼，食之皆伤人。

—— [汉]张仲景《金匮要略》

自话 坐着打盹，醒来更神清气爽，比躺着睡更有益。

诗文 坐而假寐，醒时弥觉神清气爽，较之就枕而卧，更为受益。

—— [清]曹廷栋《老老恒言》

自话 屈膝侧卧的睡姿有利于身心放松。

诗文 凡人睡，欲得屈膝侧卧，益人气力。

—— [南北朝]陶弘景《养性延命录》

自话 适度运动和节制饮食可以保持身体的健康和活力。

诗文 体欲常劳，食欲常少。

—— [南北朝]陶弘景《养性延命录》

自话 动静调节有度可以更好地维护身心健康，延长寿命。

诗文 能动能静，所以长生。

—— [南北朝]陶弘景《养性延命录》

自话 作息应规律，心中不要记挂太多事情。

诗文 日出而作，日入而息，逍遥于天地之间，而心意自得。

——《庄子》

自话 饮食要有度，在极度饥渴时不要暴饮暴食。

诗文 大渴不大饮，大饥不大饱。

—— [宋]刘词《混俗颐生录》

自话 过度饥饿会导致身体机能下降，影响健康。

诗文 不欲甚饥，饥则败气。

——《道藏·彭祖摄生养性论》

自话 安心调养是治疗疾病的最好方法。

诗文 因病得闲殊不恶，安心是药更无方。

—— [宋]苏轼《病中游祖塔院》

自话 减少欲望，保持内心的平静，享受轻松简单的生活。

诗文 少欲则心静，心静则事简。

—— [明]薛瑄《读书录》

自话 顺应自然规律，合理安排作息。

诗文 春夏宜早起，秋冬任晏眠。晏忌日出后，早忌鸡鸣前。

—— [明]胡文焕《类修要诀》

自话 避免空腹饮茶，晚饭要少吃。

诗文 莫吃空心茶，少餐中夜饭。

—— [明]胡文焕《类修要诀》

自话 内心安宁则凡事都会安宁。

诗文 心治则百节皆安，心扰则百节皆乱。

—— [汉]刘安《淮南子·缪称训》

自话 久睡容易使人精神疲倦，长时间读书要注意休息。

诗文 戒久睡，久睡倦神；戒久读，久读苦神。

—— [清]金缨《格言联璧》

自话 人生短暂，应及时行乐，不要庸人自扰。

诗文 生年不满百，常怀千岁忧。

—— [汉]佚名《古诗十九首·其十五》

自话 知足者常乐。

诗文 物苦不知足，得陇又望蜀。

—— [唐]李白《古风·五十九首·其二十三》

自话 忧伤催人老。

诗文 沉忧能伤人，绿鬓成霜蓬。

—— [唐]李白《怨歌行》

自话 要珍惜自然的美好，享受生活的乐趣。

诗文 纳爽耳目变，玩奇筋骨轻。

—— [唐]刘禹锡《秋江早发》

自话 喝粥是一种养生之道。

诗文 我得宛丘平易法，只将食粥致神仙。

—— [宋]陆游《食粥》

自话 饭后饮茶、散步、按摩脐部，有益身体健康。

诗文 食毕，饮清茶一杯，起行百步，以手摩脐。

—— [明]郑瑄《昨非庵日纂》

自话 平心静气有益身心健康。

诗文 心乱则百病生，心静则万病息。

—— [元]罗天益《卫生宝鉴》

自话 冬天晒太阳使人身心舒畅。

诗文 负暄闭目坐，和气生肌肤。

—— [唐]白居易《负冬日》

自话 应素食淡味，饮食有度，保持平和的心态，享受生活。

诗文 先进酒一杯，次举粥一瓯。半酣半饱时，四体春悠悠。

—— [唐]白居易《新沐浴》

自话 通过合理穿衣，可以维护身体的阴阳平衡，预防疾病。

诗文 腰腹下至足胫欲得常温，胸上至头欲得稍凉。

—— [宋]蒲虔贯《保生要录》

自话 睡觉时应该采取侧卧屈膝的姿势。

诗文 卧欲侧而曲膝，益气力。

—— [宋]蒲虔贯《保生要录》

自话 晚上睡觉前按摩四肢、胸腹，有益身体健康。

诗文 夫人夜卧，欲自以手摩四肢胸腹十数遍，名曰干沐浴。

—— [宋]蒲虔贯《保生要录》

自话 保持积极向上的心态有助于长寿。

诗文 乐易者常寿长，忧险者常夭折。

——《荀子》

自话 根据四季气候特点调整饮食口味，可以预防疾病。

诗文 凡和，春多酸，夏多苦，秋多辛，冬多咸，调以滑甘。

——《礼记》

自话 保持从容不迫的生活态度，享受生活的美好和乐趣。

诗文 事从容则有余味，人从容则有余年。

—— [明]吕坤《呻吟语》

自话 适度运动和适当饮食对于保持身体健康非常重要。

诗文 体欲常劳，食欲常少，劳无过极，少无过虚。

—— [晋]葛洪《抱朴子》

自话 可以少食多餐，但不要一顿吃太多。

诗文 食欲少而数，不欲顿多难消，常如饱中饥，饥中饱。

—— [晋]葛洪《抱朴子》

自话 夜晚睡觉容易受到风寒侵袭，要注意保暖。

诗文 不露卧星下，不眠中见肩。

—— [晋]葛洪《抱朴子》

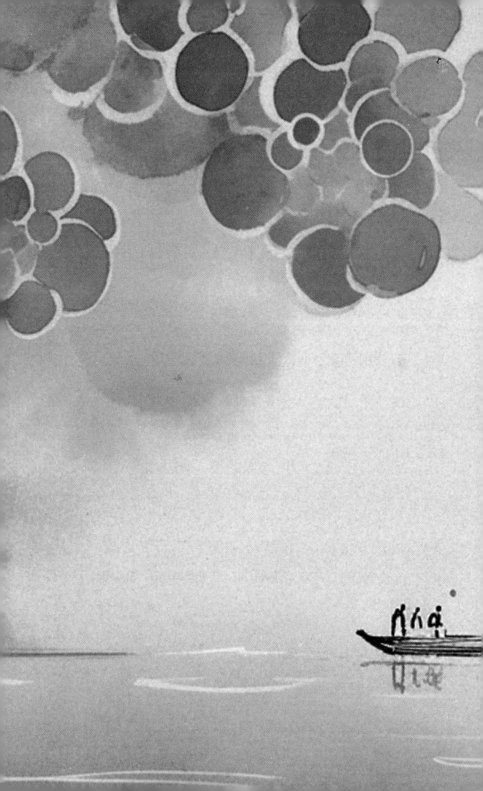

吉言致愿

第六章

自话 辞旧迎新之际，让我们共享欢乐时光！

诗文 共欢新故岁，迎送一宵中。

—— [唐]李世民《守岁》

自话 在爆竹声和畅饮美酒中迎来新年。

诗文 爆竹声中一岁除，春风送暖入屠苏。

—— [宋]王安石《元日》

自话 祝愿每年都是这样美好的开始。

诗文 愿得长如此，年年物候新。

—— [唐]卢照邻《元日述怀》

自话 元宵赏灯好热闹。

诗文 闻道长安灯夜好，雕轮宝马如云。

—— [宋]毛滂《临江仙·都城元夕》

自话 元宵临近，月色好美啊！

诗文 九衢雪小，千门月淡，元宵灯近。

—— [宋]晁端礼《水龙吟·咏月》

自话 人们载歌载舞，共度元宵。

诗文 三百内人连袖舞，一时天上著词声。

—— [唐]张祜《正月十五夜灯》

自话 元宵夜灯火辉煌。

诗文 缛彩遥分地，繁光远缀天。

—— [唐]卢照邻《十五夜观灯》

自话 节日因游人太多，交通阻塞了！

诗文 月色灯山满帝都，香车宝盖隘通衢。

—— [唐]李商隐《观灯乐行》

自话 美好时节，希望年年都能看见如此美好的月亮。

诗文 好时节，愿得年年，常见中秋月。

—— [明]徐有贞《中秋月·中秋月》

自话 希望远在他乡的兄弟，重阳节快乐安康。

诗文 遥知兄弟登高处，遍插茱萸少一人。

—— [唐]王维《九月九日忆山东兄弟》

自话 举杯庆重阳，愿您岁岁平安。

诗文 但将酩酊酬佳节，不用登临恨落晖。

—— [唐]杜牧《九日齐山登高》

自话 重阳节愿您笑口常开，活力满满。

诗文 尘世难逢开口笑，菊花须插满头归。

—— [唐]杜牧《九日齐山登高》

满腹经纶

自话 希望您身体健康硬朗，年年与花相约。

诗文 但愿身老健，长与花继期。

—— [宋]姜特立《招客赏菊》

自话 祝您长寿！

诗文 与天地兮同寿，与日月兮同光。

—— [战国]屈原《涉江》

自话 祝您福寿如江，美名远扬。

诗文 福与此江无尽，寿与此江俱远，名与此江清。

—— [宋]徐鹿卿《水调歌头·寿林府判》

自话 祝福永葆青春！

诗文 祝公齿发老复少，岁岁不改冰霜颜。

—— [宋]苏辙《宣徽使张安道生日》

自话 大家相聚一堂，希望在座的每个人都能长寿。

诗文 欢会，欢会，坐上人人千岁。

—— [宋]朱敦儒《如梦令·好笑山翁年纪》

自话 您有着强健的体魄，超凡的气质。

诗文 鹤瘦松青，精神与秋月争明。

—— [宋]李清照《新荷叶·薄露初零》

自话 希望我们年年都能见面，年年精神焕发！

诗文 今年见，明年重见，春色如人面。

—— [宋]毛滂《点绛唇·何处君家》

自话 祝您青春永驻！

诗文 柳外花前同祝愿，朱颜长在年龄远。

—— [宋]葛胜仲《蝶恋花》

自话 祝您如仙鹤和青松一样长寿！

诗文 瘦鹤与长松，且伴臞仙，久住人间世。

—— [宋]李弥逊《醉花阴·学士生日》

自话 愿您永远年轻。

诗文 愿君岁岁颜如幼。

—— [清]汪懋麟《玉女摇仙佩·豹人生日》

自话 举起酒杯，祝您岁岁年年都尊贵荣耀。

诗文 上君百岁觞，祝君以永享。

—— [清]梁佩兰《舟中值和公生日得诗三章·其三》

自话 举起酒杯跳起舞，祝君快乐享永年。

诗文 酒劝十分金凿落，舞催三叠玉娉婷。满堂欢笑祝椿龄。

—— [宋]张纲《浣溪沙·荣国生日四首·其三》

自话 祝您青春永驻，健康长寿。

诗文 愿公难老身长健。

—— [宋]王庭圭《蝶恋花·王克恭生日》

自话 愿您福寿绵长，精神矍铄。

诗文 南极寿星宫，分明矍铄翁。

—— [唐]王绍《菩萨蛮·侄寿伯》

自话 您地位高贵、家族昌盛，祝愿您健康长寿。

诗文 贵盛上持龙节钺，延长应续鹤春秋。

—— [唐]罗隐《钱尚父生日》

自话 祝您福寿双全。

诗文 龟衔玉柄增年算，鹤舞琼筵献寿杯。

—— [唐]罗隐《简令生日》

自话 祝您生日快乐，子孙满堂。

诗文 一杯为寿酒，床下列儿孙。

—— [宋]邵雍《生日吟》

自话 我会年年借梅花香味为你祝寿。

诗文 年年已与梅花约，长借清香入寿杯。

—— [宋]强至《何太宰生日二首·其二》

自话 祝您福寿绵长，青春永驻。

诗文 况高颐养术，龟鹤得长生。

—— [宋]韦骧《石懿老大夫生日》

自话 奔流不息的河水，每年都在为您祝寿。

诗文 漳水流无竭，年年伴寿觥。

—— [宋]强至《韩魏公生日》

自话 绿叶配红花，夫唱妇随。

诗文 莲花如妾叶如郎，画得花长叶亦长。

—— [明]徐渭《沈君索题所画卉贺人新婚》

自话 新郎新娘真漂亮！

诗文 婿颜如美玉，妇色胜桃花。

—— [南北朝]周弘正《看新婚诗》

自话 愿你们如同比翼鸟，永远相伴，不离不弃。

诗文 愿同比翼鸟，生死恒相随。

—— [清]史夔《长干曲》

自话 愿你们的爱情如莲花与梅花，纯洁坚定，芬芳四溢。

诗文 莲开并蒂花无色，梅结同心玉有香。

—— [清]苏继朋《季春贺门人陈廷瑜新婚》

自话 祝你们携手并肩，永不分离。

诗文 天下真成长合会，无胜比翼两鸳鸯。

—— [南北朝]徐陵《鸳鸯赋》

自话 恭祝新婚大喜，结秦晋之好。

诗文 秦晋新婚，人间天上真奇绝。

—— [宋]佚名《少年游·上苑莺调舌》

自话 甜蜜的爱情可以改变人。

诗文 昔言尔尔嫌随俗，今唤卿卿喜有人。

—— [宋]王迈《贺同年林簿同卿龟从新婚》

自话 愿你们携手共度，白头偕老。

诗文 珠帘绣幕蔼祥烟，合卺嘉盟缔百年。

—— [宋]姚勉《新婚致语》

自话 愿你们琴瑟和鸣，永结同心。

诗文 朱丝抽玉琴，锦带结同心。

—— [清]梁佩兰《赠李皋水新婚》

自话 浪漫的约会。

诗文 花明月暗笼轻雾，今宵好向郎边去。

—— [五代十国]李煜《菩萨蛮·花明月暗笼轻雾》

自话 渴望爱情！

诗文 何缘交颈为鸳鸯，胡颉颃兮共翱翔！

—— [汉]司马相如《凤求凰》

自话 郎才女貌，佳偶天成。

诗文 喜配合佳偶，女貌郎才真罕有。

—— [明]佚名《卧冰记》

自话 愿你发奋进取，豁达乐观。

诗文 晴空一鹤排云上，便引诗情到碧霄。

—— [唐]刘禹锡《秋词二首·其一》

自话 愿您事业如春，生活充满阳光。

诗文 青青园中葵，朝露待日晞。阳春布德泽，万物生光辉。

—— [汉]《乐府诗集·长歌行》

自话 愿您前程似锦。

诗文 等闲识得东风面，万紫千红总是春。

—— [宋]朱熹《春日》

自话 你志向远大，很有才干，必定能干出一番大事业。

诗文 志大则才大，事业大。

—— [宋]张载《正蒙》

自话 祝愿事业有成，健康长寿。

诗文 如月之恒，如日之升。如南山之寿，不骞不崩。

—— 《诗经·小雅·天保》

自话 祝您纵横四海，从容无虞。

诗文 横四海兮焉穷。

—— [战国]屈原《九歌》

自话 祝您宏图大展！

诗文 海阔凭鱼跃，天高任鸟飞。

—— [宋]阮阅《诗话总龟》

自话 愿你如松柏一样不惧风霜。

诗文 岂不罹凝寒，松柏有本性。

—— [汉]刘桢《赠从弟三首·其二》

自话 努力奋斗，只要坚持下去，终会有所建树。

诗文 努力图树立，庶几终有成。

—— [宋]欧阳修《勉刘申》

自话 您如大鹏展翅，搏击万里。

诗文 九万里风鹏正举。风休住，蓬舟吹取三山去！

—— [宋]李清照《渔家傲·天接云涛连晓雾》

自话 您的事业还在蓬勃发展，日后定能有超凡成就。

诗文 此公事业未渠央，六奇他日吾所望。

—— [宋]晁补之《复用方字韵奉赠同舍慎思文潜同年天启》

自话 您名声远扬，必能成就伟大事业，流传后世。

诗文 威声尚草木，事业余鼎盘。

—— [清]李是远《与南麟士郑允之登鞍岘》

自话 您将自由翱翔，展翅高飞，事业成就无人能及。

诗文 翱翔当在此，事业更无前。

—— [元]元天锡《次赵奉善赠李柏堂诗韵》

自话 愿您声名显赫，前途顺遂。

诗文 高名题雁塔，平步上青云。

—— [宋]李正民《挽胡茂老枢密·其二》

自话 祝您事业发达。

诗文 明当拟入飞熊兆，平步青云上九重。

—— [明]吴宝《渔家》

自话 您的事业在百年之内定能如星辰般闪耀。

诗文 共期百年内，事业耀亢参。

—— [明]林士元《挽冬官周务斋先生三首·其三》

自话 愿你心无旁骛，专心致志。

诗文 无冥冥之志者，无昭昭之明；无惛惛之事者，无赫赫之功。

——《荀子》

自话 愿你脚踏实地，注重积累。

诗文 合抱之木，生于毫末；九层之台，起于累土。

——《道德经》

自话 愿你在考试中一路过关斩将，摘得桂冠。

诗文 桃花直透三层浪，桂子高攀第一枝。

—— [宋]陈元老《登科》

自话 愿你珍惜时光，不负韶华。

诗文 及时当勉励，岁月不待人。

—— [晋]陶渊明《杂诗十二首·其一》

自话 希望你志存高远。

诗文 志不立，天下无可成之事。

—— [明]王阳明《教条示龙场诸生》

自话 愿你勤奋努力，不负青春。

诗文 青春须早为，岂能长少年。

—— [唐]孟郊《劝学》

自话 愿你如鹏鹗高飞、骅骝驰骋，一展抱负！

诗文 高云上鹏鹗，大路展骅骝。

—— [元]李孝光《水调歌头·高云上鹏鹗》

自话 愿你不断学习，不断进步。

诗文 学不可以已。

——《荀子》

自话 愿你德才兼备。

诗文 才者，德之资也；德者，才之帅也。

—— [宋]司马光《资治通鉴》

自话 愿你勤学苦读，学有所成。

诗文 学问勤中得，萤窗万卷书。

—— [宋]汪洙《神童诗》

自话 愿你不断进取，勇于超越。

诗文 青，取之于蓝，而青于蓝；冰，水为之，而寒于水。

——《荀子》

自话 时光易逝，值得珍惜。

诗文 光阴可惜，譬诸逝水。

—— [南北朝]颜之推《勉学》

自话 愿你不念过往，不畏将来。

诗文 往者不可谏，来者犹可追。

—— 佚名《楚狂接舆歌》

自话 把握住当下。

诗文 人生百年几今日，今日不为真可惜！

—— [明]文嘉《今日歌》

自话 希望你潜心努力，未来能够实现自己的抱负。

诗文 摩霄志在潜修羽，会接鸾凰别苇丛。

—— [唐]刘象《鹭鸶》

自话 时光匆匆，人生易老。

诗文 白日何短短，百年苦易满。

—— [唐]李白《短歌行》

自话 梦想启航，顶峰相见。

诗文 一鸣从此始，相望青云端。

—— [唐]刘禹锡《送韦秀才道冲赴制举》

自话 乘风破浪，直上青云。

诗文 好风频借力，送我上青云。

—— [清]曹雪芹《红楼梦》

自话 岁月悠长，信守如一。

诗文 愿如风有信，长与日俱中。

—— [宋]苏轼《春帖子词·皇帝阁六首·其二》

自话 愿亲人康健长寿，纵然相隔千里也能一起共赏明月。

诗文 但愿人长久，千里共婵娟。

—— [宋]苏轼《水调歌头·明月几时有》

自话 笑对人生，自在前行。

诗文 人生自在常如此，何事能妨笑口开？

—— [宋]陆游《杂感》

自话 愿您财源滚滚、生活富足。

诗文 会当车载金钱去，买取春归亦足豪。

—— [宋]陆游《花时遍游诸家园》

自话 年轻人意气风发，必定能成就一番事业。

诗文 画凌烟，上甘泉。自古功名属少年。

—— [宋]陆游《长相思·面苍然》

自话 愿你我前程如日月星辰般清晰。

诗文 昭昭若日月之明，离离如星辰之行。

—— [南北朝]刘勰《文心雕龙》

自话 再难走的路，也有尽头，只要坚持就会看见光明！

诗文 何当凌云霄，直上数千尺。

—— [唐]李白《南轩松》

自话 愿无忧无扰，与朋友开怀畅饮。

诗文 开琼筵以坐花，飞羽觞而醉月。

—— [唐]李白《春夜宴从弟桃花园序》

自话 心胸宽广，万物皆可成风景。

诗文 黄河落天走东海，万里写入胸怀间。

—— [唐]李白《赠裴十四》

自话 愿天下有情人终成眷属，愿人们都能幸福地生活。

诗文 愿天上人间，占得欢娱，年年今夜。

—— [宋]柳永《二郎神·炎光谢》

自话 祝君拥有更加辉煌的事业和人生。

诗文 愿祝君如此山水，滔滔汲汲风云起。

—— [宋]冯时行《遗夔门故旧》

自话 只待时机一到，定能一飞冲天。

诗文 千红万紫安排著，只待新雷第一声。

—— [清]张维屏《新雷》

自话 生活富足安逸，不受约束。

诗文 腰缠十万贯，骑鹤上扬州。

—— [南北朝]殷芸《殷芸小说》

自话 一个人本身蕴藏着巨大的价值和潜力，迟早会闪耀光芒。

诗文 山藏异宝山含秀，沙有黄金沙放光。

—— [明]冯梦龙《醒世恒言》

自话 愿你能打动道德高尚、情感丰富的性情中人。

诗文 苍梧来怨慕，白芷动芳馨。

—— [唐]钱起《省试湘灵鼓瑟》

自话 愿一展宏图，实现抱负。

诗文 奋跃风生鬣，腾凌浪鼓鳍。

—— [唐]钱起《巨鱼纵大壑》

自话 愿生活美好，没有烦恼。

诗文 时时闻鸟语，处处是泉声。

—— [唐]白居易《遗爱寺》

自话 祝你这次考试一举高中，未来前程不可限量。

诗文 此去提衡霄汉上，鹏抟鲲运更论程。

——[宋]陈造《贺二石登科》

自话 大丈夫志在四方，相距万里也如同比邻而居。

诗文 丈夫志四海，万里犹比邻。

—— [三国]曹植《赠白马王彪·并序》

自话 光阴匆匆而去，祝愿你有个美好的前程。

诗文 人间岁月堂堂去，劝君快上青云路。

—— [宋]辛弃疾《菩萨蛮·送曹君之庄所》

自话 别放弃努力，未来某天一定能实现理想和抱负。

诗文 我觉君非池中物，咫尺蛟龙云雨。

—— [宋]辛弃疾《贺新郎·和徐斯远下第谢诸公载酒相访韵》

自话 你气度非凡，今后一定能脱颖而出，实现抱负。

诗文 纵横逸气宁称力，驰骋长途定出群。

——[唐]李绰《和裴相国答张秘书赠马诗》

自话 善念可以带来好运。

诗文 一念之善，吉神随之。

—— [明]陈继儒《小窗幽记》

自话 每天能无忧无虑地小酌几杯，就是人生佳境。

诗文 身长健，但优游卒岁，且斗尊前。

——[宋]苏轼《沁园春·孤馆灯青》

自话 祝您长命百岁，与松椿同寿。

诗文 祝千龄，借指松椿比寿。

—— [宋]李清照《长寿乐·南昌生日》

自话 愿您儿孙满堂，而且个顶个有出息。

诗文 到如今，昼锦满堂贵胄。

—— [宋]李清照《长寿乐·南昌生日》

自话 风水轮流转，好运即将来临。

诗文 迈迈时运，穆穆良朝。

—— [晋]陶渊明《时运》

自话 只要时机一到，就能够东山再起，重振雄风。

诗文 一朝红日出，依旧与天齐。

—— [明]朱元璋《咏竹》

自话 努力飞上高空，让所有看不起你的人都抬头仰望。

诗文 几人平地上，看我碧霄中。

—— [宋]侯蒙《临江仙·未遇行藏谁肯信》

自话 唯有奋发自强，才能实现心中理想。

诗文 我欲乘风去，击楫誓中流。

—— [宋]张孝祥《水调歌头·闻采石战胜》

自话 人生本无坦途，正是磨砺才让生命更具有意义。

诗文 有磨皆好事，无曲不文星。

—— [清]袁枚《随园诗话》

自话 现在虽未得志，将来某一天一定会实现抱负。

诗文 即今江海一归客，他日云霄万里人。

—— [唐]高适《送桂阳孝廉》

自话 愿我们的生命常青不衰，永远充满生机与活力！

诗文 愿君千万岁，无岁不逢春。

—— [唐]李远《翦彩》

自话 成长中需保持自信，不断突破自我以达更高的境界。

诗文 飞龙在天，利见大人。

——《周易》

自话 愿新的一年平安吉祥、风调雨顺。

诗文 天上风云庆会时，庙谟争遣草茅知。

—— [明]陈献章《元旦试笔》

自话 困难已经过去，美好的生活已经到来。

诗文 天地风霜尽，乾坤气象和。

—— [元]叶颙《己酉新正》

自话 愿好运如影随形，常伴左右。

诗文 暗尘随马去，明月逐人来。

—— [唐]苏味道《正月十五夜》

自话 愿一路上都有美好的回忆。

诗文 箫鼓喧，人影参差，满路飘香麝。

—— [宋]周邦彦《解语花·上元》

自话 愿你们比翼双飞。

诗文 愿为双黄鹄，比翼戏清池。

—— [汉]徐干《于清河见挽船士新婚与妻别诗》

自话 始终保持一颗乐观向上的心，去感受生命中的爱与幸福。

诗文 只要我们的爱与幸福可以绵延，使欢喜充满在每一刻，那就是生命最大的祝愿了。 —— [当代]林清玄《长命菜》

自话 幸福并不遥远，只要我们用心去寻找，总会找到。

诗文 只要心中有情，处处在在都有清欢，都有小小而确定的幸福。 —— [当代]林清玄《人间有味是清欢》

自话 不要仅凭一时的得失来下定论，眼前的困境不过是暂时的。

诗文 人命运的好坏不能看一时，可得走着瞧。

—— [当代]冯骥才《高女人和她的矮丈夫》

自话 牵着灵童登山远眺，只见层层叠叠全是金钱的光影。

诗文 提挈灵童山上望，重重叠叠是金钱。

—— [唐]吕岩《七言》

自话 祥瑞到来，财富日益丰厚。

诗文 巫言此乌至，财产日丰宜。

—— [唐]元稹《大觜乌》

自话 正月初五祈求财源广进，愿新年心想事成。

诗文 五日财源五日求，一年心愿一时酬。

—— [清]蔡云《竹枝词》

自话 积善得富贵。

诗文 前生种得今生福，富贵多财禄。

—— [唐]《敦煌歌辞·求因果》

自话 十年经营，事业风生水起，黄金装满箩筐。

诗文 拥场十载经营。喜黄金满簏。

—— [清]俞樾《醉太平十四首·其十一》

自话 榆树枝头挂满如铜钱般的榆荚，杨花似玉铺满街道。

诗文 榆荚钱生树，杨花玉糁街。

—— [唐]李白《春感诗》

自话 掌握了财富秘诀，就能拥有巨额财富。

诗文 黄白既成，货财千亿。

—— [隋]阴长生《遗世四言诗》

自话 坐拥美景，灵感不断。存款充足，不用为生计发愁。

诗文 景胜烦诗笔，财丰缓计筹。

—— [宋]文彦博《和公仪天章雪中游蓝田山悟真寺》

自话 水源丰沛，财运亨通。

诗文 太湖光射夕阳间，涧泽相通财必育。

—— [宋]袁默《次韵蒋不回惠山行见赠》

自话 人间如同仙境，富贵荣耀无边无量。

诗文 人间天上。富贵真无量。

—— [清]尤侗《千秋岁·其四·寿徐太夫人》

自话 家庭富裕，生活无忧无虑。

诗文 平昔财多裕，欢心虑靡他。

—— [宋]华镇《元夕》

自话 百姓安居乐业，物资充足。

诗文 黔首乐无贰，财用日以滋。

—— [宋]华镇《咏古十六首·其五》

自话 财运来到，人也变得意气风发。

诗文 资财既饶裕，意气亦倜傥。

—— [元]吴澄《赠人求赙》

自话 招财纳福，黄金满屋。

诗文 玉砌雕阑做大盈，谁教万贯簇花茎。

—— [明]俞好仁《匪懈堂四十八咏·金钱花》

自话 年轻时就取得优异成就，中年更是会财富满满。

诗文 弱冠一衿登首选，中年万贯满腰缠。

—— [清]许南英《寄祝黄仲训四十初度》

自话 生活富有、品味高雅。

诗文 龙头衔九花，玉钗明月珰。

——《乐府诗集·孟珠》

自话 纵情高歌中，百万金钱赏赐乐人。

诗文 未伏延年花下唱，金钱百万赏新声。

—— [宋]宋白《官词》

自话 声名鹊起，能结交到有影响力的人，做事雷厉风行。

诗文 一朝金多结豪贵，万事胜人健如虎。

—— [唐]高适《行路难二首·其二》

自话 愿你金翠满身，明艳富贵。

诗文 戴金翠之首饰，缀明珠以耀躯。

—— [三国]曹植《洛神赋》

自话 出门有宝马相伴，一器一物见品位。

诗文 龙驹雕镫白玉鞍，象床绮食黄金盘。

—— [唐]李白《赠从弟南平太守之遥二首·其一》

自话 财富满仓，富甲一方。

诗文 富商大贾浮巨舶，犀象珠玑夸豪雄。

—— [元]方回《秋风歌》

自话 大富大贵，远近闻名。

诗文 富埒陶白，赀巨程罗。

—— [南北朝]刘峻《广绝交论》

自话 愿你如春风般，所到之处皆是繁华。

诗文 春风如贵客，一到便繁华。

—— [清]袁枚《春风》

自话 富足且心无挂碍，莫负当下欢娱时光。

诗文 有钱有物，无忧无虑，赏心乐事休辜负。

—— [元]陈草庵《中吕·山坡羊》

自话 愿你遇到贵人相助，即使白手起家也能聚财无数。

诗文 得遇比肩资扶处，白手犹能聚大财。

—— [宋]徐子平《子平赋文》

自话 不费心力，轻松积攒财富。

诗文 聚财积谷须臾间，咄嗟不费心力办。

—— [明]赵昱《哭子源》

自话 财富进门，家庭幸福美满。

诗文 将钱入舍来，见吾满面笑。

—— [唐]王梵志《吾富有钱时》

自话 财富通过一点一滴积累而来，贫穷是因为不会精打细算。

诗文 富从升合起，贫因不算来。

—— [明]佚名《增广贤文》

自话 生意兴隆，财源广进。

诗文 生意兴隆通四海，财源茂盛达三江。

—— [明]佚名《增广贤文》

自话 财源广进，如金钱树般繁茂昌盛。

诗文 风水洞中春色早，金钱树上雪花香。

—— [唐]陈羽《金钱树》

自话 金银财宝堆积起来，像小山丘一样。

诗文 金银财宝，垒似山丘。

—— [元]王哲《菊花天》

自话 西风连奏三叠曲，山野似铺满黄金，花香扑鼻而来。

诗文 西风三叠兮声始洋洋，黄金满地山花香。

—— [元]祖柏《题松溪渔隐图》

自话 愿你长出翅膀，有一天鱼跃龙门，一举高中。

诗文 希君生羽翼，一化北溟鱼。

—— [唐]李白《江夏使君叔席上赠史郎中》

自话 你平日成绩就出众，考试更能拔得头筹。

诗文 起草已夸双笔健，登科更占一枝春。

—— [宋]杨亿《喜王虞部赐进士及第》

自话 金榜题名，志得意满。

诗文 春风得意马蹄疾，一日看尽长安花。

—— [唐]孟郊《登科后》

自话 别看现在无人知晓，等你金榜高中，一定会名动天下。

诗文 十年寒窗无人问，一举成名天下知。

—— [明]佚名《增广贤文》

自话 这次考试，你一定能荣登金榜。

诗文 一举登科，蟾宫稳步，桂香满袖。

—— [宋]佚名《醉蓬莱·正霜融日暖》

自话 明年今日，已金榜题名的你会笑看其他考生忙。

诗文 明年此日青云上，却笑人间举子忙。

—— [宋]辛弃疾《鹧鸪天·送廓之秋试》

自话 万事俱备，祝你考场夺魁。

诗文 禹门已准桃花浪，月殿先收桂子香。

—— [宋]辛弃疾《鹧鸪天·送廓之秋试》

自话 祝你在考试中抓住机会，荣登金榜。

诗文 一朝逸翮乘风势，金榜高张登上第。

—— [唐]白居易《劝酒》

自话 你终会写出满意的答卷，金榜题名，未来充满希望。

诗文 丹墀对策三千字，金榜题名五色春。

—— [元]王冕《送王克敏之安丰录事》

自话 不要被小人的举动影响，你志向高远，未来定会大展宏图。

诗文 寄言燕雀莫相啅，自有云霄万里高。

—— [唐]李白《观放白鹰二首·其二》

自话 拥有你这样的实力，一定可以一往无前，取得好成绩。

诗文 骁腾有如此，万里可横行。

—— [唐] 杜甫《房兵曹胡马诗》

自话 现在只管努力，未来一定会实现理想。

诗文 好共大鹏双奋击，此行有路到南溟。

—— [宋]李觏《送夏旦赴举》

自话 勤学苦读，好名声最终会传到都城。

诗文 苦学酬身世，佳名播帝畿。

—— [宋]杨申《四登科诗》

自话 金榜揭晓时你一定名列前茅，春风得意。

诗文 金榜高悬姓字真，分明折得一枝春。

—— [唐]袁皓《及第后作》

自话 愿你考到更优秀的名校去，将来成为国家栋梁。

诗文 愿君移向长林间，他日将来作梁栋。

—— [元]王冕《盆中树》

自话 恭喜你年纪轻轻金榜题名，以后定会干出一番大事业。

诗文 喜汝登科年尚少，好摅事业趁明时。

—— [宋]韦骧《登科》

自话 科举高中，荣幸地名列金榜，实在令人欣喜。

诗文 蟾宫折桂。幸喜名标金榜。

——[明]朱权《喜迁莺·从别家乡》

自话 繁花盛开，不怕寻香的客人；到时榜单揭晓，应举杯庆祝。

诗文 花繁不怕寻香客，榜到应倾贺喜杯。

——[唐]翁承赞《喜弟承检登科》

自话 你年纪轻轻就博学多识，等你高中，前途不可限量。

诗文 年少通经学，登科尚佩觿。

——[唐]司空曙《送王使君小子孝廉登科归省》

自话 祝你一举高中，十年苦读终得回报。

诗文 一举首登龙虎榜，十年身到凤凰池。

——[宋]刘昌言《上吕相公》

自话 祝你金榜题名，一飞冲天。

诗文 金榜连名升碧落。

——[唐]徐夤《曲江宴日呈诸同年》

自话 等你金榜题名，外面广阔的天地等着你去闯。

诗文 金榜题名惬壮图，便承天语向洪都。

——[明]程敏政《送程忠显进士江西公干便道还新安》

自话 男儿得志正当时，金榜题名、独占鳌头。

诗文 正是男儿得志秋。题金榜，占鳌头。

—— [元]石君宝《李亚仙花酒曲江池》

自话 这次考试，你一定能取得佳绩，荣耀凯旋。

诗文 登龙兼折桂，归去当高车。

—— [唐]李端《元丞宅送胡浚及第东归觐省》

自话 你是大家公认的才子，一定能考上。

诗文 乡书曾得共推贤，金榜题名子更先。

—— [明]贺钦《寄邵文明大尹》

自话 愿你继续努力，将来金榜题名，实现抱负。

诗文 愿君更奏三千牍，金榜青衫染柳丝。

—— [宋]杨万里《和李与贤投赠之韵》

自话 祝儿子金榜高中，再现老爸我当年的辉煌时刻。

诗文 祝儿指日传金榜，怀我当年别玉墀。

—— [宋]马廷鸾《二儿就试》

自话 等金榜揭晓时，你的名字会名列前茅。

诗文 恩光忽逐晓春生，金榜前头忝姓名。

—— [唐]李宣古《和主司王起》

满腹经纶

自话 祝你此次考试一举夺魁，数载春华结硕果，前程似锦。

诗文 今日桂枝平折得，几年春色并将来。

—— [唐]贯休《闻许棠及第因寄桂雍》

自话 愿你士子登科，考上名校，让邻里乡亲都一睹你的风采。

诗文 莺已迁，龙已化，一夜满城车马。家家楼上簇神仙，争

看鹤冲天。

—— [唐]韦庄《喜迁莺·街鼓动》

自话 等你金榜题名，亲友们会相聚一堂，与你的父母举杯庆贺。

诗文 乡里亲情相见日，一时携酒贺高堂。

—— [唐]张籍《送李余及第后归蜀》

自话 祝你榜上有名，春风得意奔赴理想地。

诗文 又被时人写姓名，春风引路入京城。

—— [唐]刘禹锡《答张侍御贾喜再登科后，自洛赴上都赠别》

自话 如此年轻就已经金榜题名，文采焕发，照亮青春。

诗文 金榜题名墨尚新，焕然文采照青春。

—— [清]瞿士雅《贺内侄钱北江乡试中式六首·其六》

自话 你的成绩一直都很好，此次考试预祝你凯旋。

诗文 十年人咏好诗章，今日成名出举场。

—— [唐]张籍《送李余及第后归蜀》

自话 愿你借着东风直上青云，一举高中。

诗文 东风擢第上瑶京，金榜天门列姓名。

—— [明]解缙《送弟朝夫及第还乡》

自话 状元荣归，光芒盖过全场。

诗文 青骢聚送谪仙人，南国荣亲不及君。

——[唐]柳珪《送莫仲节状元归省》

自话 愿你每科考试都独占鳌头，扬眉吐气。

诗文 两试冠军推辣手，一魁独佔许扬眉。

—— [清]徐仲山《寄怀家工部仞千》

自话 愿你鱼跃龙门，取得佳绩，让大家震惊。

诗文 禹门三级浪，平地一声雷。

—— [宋]汪洙《神童诗》

自话 我知道你志向远大，祝你考试一举高中，超越众人。

诗文 知君志不小，一举凌鸿鹄。

—— [唐]刘长卿《赠别于群投笔赴安西》

自话 你就像藏不住光芒的骊珠、会鸣叫的鹤鸟，一定会绽放光彩。

诗文 骊珠难隐耀，皋鹤会长鸣。

—— [唐]钱起《送李兵曹赴河中》

自话 你是踏霜而驰的千里马、乘风振翅的大鹏鸟，未来可期。

诗文 霜蹄千里骏，风翮九霄鹏。

—— [唐]杜甫《赠特进汝阳王二十韵》

自话 你多才多艺，虽然是初次参加考试，但一定能高中。

诗文 多才白华子，初擅桂枝名。

—— [唐]钱起《送郑巨及第后归觐》

自话 你这次榜上有名，没有人比你更加荣耀了。

诗文 姓字载科名，无过子最荣。

—— [唐]无可《送喻凫及第归阳羡》

自话 今年一同高中的人里，像你这样优秀的又有几个呢？

诗文 今岁同升客，如君有几人。

—— [宋]强至《刘叔茂及第后往广德拜亲过吴江新治》

自话 事业上取得的成就如同天际绽放的花朵般绚烂。

诗文 事业纷天葩。

—— [宋]陈舜俞《寄扬州知府钱舍人》

自话 你的事业会蒸蒸日上，就像颐养生长的胡须一样繁茂。

诗文 怜君事业长，蔚若颐生须。

—— [宋]晁补之《送吕承奉至山从吕龙图晋伯辟秦州机宜》

自话 愿你拥有显赫的事业，令全家荣耀。

诗文 充闾庆，有青毡事业。

—— [宋]王千秋《沁园春·晁共道侍郎生日》

自话 你取得的成就会流芳千古。

诗文 事业垂千载。

—— [宋]冯山《武侯庙》

自话 祝你的事业能像皋陶和夔那样，实现自己最初的志向。

诗文 皋夔事业酬初志。

—— [元]孙叔远《送监宪丁太初除内省参议》

自话 你的声名远播，事业成就光辉如美玉。

诗文 名声迈朝列，事业光璠玙。

—— [元]朱晞颜《拟古十九首·其十三》

自话 你从平凡起步成就非凡，事业一定能赶超前辈。

诗文 大布遂易狐白裘，事业直拟追前修。

—— [元]郑东《送驸马西山公诗》

自话 你的事业成就至伟，美名将流传千载。

诗文 君侯事业如白公，流芳千载无终穷。

—— [元]陈镒《好溪堰为吴明府作》

妙语连珠

第七章

自话 即使生不逢时，也不愿屈心降志，迎合世俗。

诗文 前不见古人，后不见来者。念天地之悠悠，独怆然而涕下。

——［唐］陈子昂《登幽州台歌》

自话 要有随心所欲、不拘小节的人生态度。

诗文 我醉欲眠卿且去，明朝有意抱琴来。

——［唐］李白《山中与幽人对酌》

自话 释放真我，笑对人生路。

诗文 仰天大笑出门去，我辈岂是蓬蒿人。

——［唐］李白《南陵别儿童入京》

自话 不要谄媚求存。

诗文 安能摧眉折腰事权贵，使我不得开心颜？

——［唐］李白《梦游天姥吟留别》

自话 干了这杯酒，各自奔东西。

诗文 飞蓬各自远，且尽手中杯。

——［唐］李白《鲁郡东石门送杜二甫》

自话 离别在即，依依不舍。

诗文 暂就东山赊月色，酣歌一夜送泉明。

——［唐］李白《送韩侍御之广德》

自话 人生如寄，沧海一粟，功名利禄终将会一去不复还。

诗文 登高壮观天地间，大江茫茫去不还。

—— [唐]李白《庐山谣寄卢侍御虚舟》

自话 即使在失落和困境中，也能找到新的希望和慰藉。

诗文 枝上柳绵吹又少，天涯何处无芳草。

—— [宋]苏轼《蝶恋花·春景》

自话 分别之前，一醉方休。

诗文 相逢一醉是前缘，风雨散、飘然何处？

—— [宋]苏轼《鹊桥仙·七夕送陈令举》

自话 历史变迁，人事更迭，要学会珍惜生活。

诗文 衰兰送客咸阳道，天若有情天亦老。

—— [唐]李贺《金铜仙人辞汉歌》

自话 怀念往昔时光，享受当下美好生活。

诗文 欲买桂花同载酒，终不似，少年游。

—— [宋]刘过《唐多令·芦叶满汀洲》

自话 有时沉默比言语更能深刻地传达情感和心境。

诗文 别有幽愁暗恨生，此时无声胜有声。

—— [唐]白居易《琵琶行》

自话 月光如水，无言却深情。

诗文 雁声远过潇湘去，十二楼中月自明。

—— [唐]温庭筠《瑶瑟怨》

自话 愿我们坚持奋斗、殊途同归，都能实现各自的理想。

诗文 于道各努力，千里自同风。

—— [宋]周行己《送友人东归》

自话 笑对人生，洒脱前行。

诗文 一笑出门去，千里落花风。

—— [宋]辛弃疾《水调歌头·我饮不须劝》

自话 要为国立功。

诗文 了却君王天下事，赢得生前身后名。

—— [宋]辛弃疾《破阵子·为陈同甫赋壮词以寄之》

自话 隐逸生活闲适自在，令人心生向往。

诗文 山中何事？松花酿酒，春水煎茶。

—— [元]张可久《人月圆·山中书事》

自话 欣赏自然的美景，享受超脱世俗的生活。

诗文 万里归船弄长笛，此心吾与白鸥盟。

—— [宋]黄庭坚《登快阁》

自话 江湖中人，四海为家。

诗文 满船明月从此去，本是江湖寂寞人。

—— [宋]黄庭坚《到官归志浩然二绝句》

自话 要追求自由、闲适、充满诗意的生活。

诗文 但愿老死花酒间，不愿鞠躬车马前。

—— [明]唐寅《桃花庵歌》

自话 红颜薄命犹如鲜花凋落。

诗文 一朝春尽红颜老，花落人亡两不知！

—— [清]曹雪芹《红楼梦》

自话 年年岁岁花相似，岁岁年年人不同。

诗文 乐极悲生，人非物换，究竟是到头一梦，万境归空。

—— [清]曹雪芹《红楼梦》

自话 珍惜每一次相遇。

诗文 一叶浮萍归大海，为人何处不相逢！

—— [明]吴承恩《西游记》

自话 安心地睡，远离烦恼。

诗文 一觉安眠风浪俏，无荣无辱无烦恼。

—— [明]吴承恩《西游记》

自话 罢职回乡的心情就像秋天的落叶一样。

诗文 客有归欤叹，凄其霜露浓。

—— [唐]李颀《望秦川》

自话 愿为守住高尚的情操而牺牲，也不愿丧失气节而苟活。

诗文 大丈夫宁可玉碎，不能瓦全。

—— [唐]李百药《北齐书》

自话 有建功立业的德行，即使离世，也会美名扬。

诗文 及时立功德，身后犹光明。

—— [唐]刘驾《励志》

自话 大丈夫应一心为国。

诗文 大丈夫既以身许国家，许知己，惟鞠躬尽瘁而已，他复何言。

—— [明]张居正《答上师相徐存斋》

自话 为了国家，要义无反顾、不畏艰苦。

诗文 孰知不向边庭苦，纵死犹闻侠骨香。

—— [唐]王维《少年行四首·其二》

自话 要追求内心的宁静与自由。

诗文 但去莫复问，白云无尽时。

—— [唐]王维《送别》

自话〉为了国家的利益，不顾个人安危。

诗文〉苟利国家生死以，岂因祸福避趋之？

—— [清]林则徐《赴戍登程口占示家人二首·其二》

自话〉要有报效祖国的决心。

诗文〉生平未报国，留作忠魂补。

—— [明]杨继盛《就义诗》

自话〉不管离开还是留下，都会在梦里挂记对方。

诗文〉无论去与住，俱是梦中人。

—— [唐]王勃《别薛华》

自话〉与君一别，从此天各一方，彼此珍重。

诗文〉数声风笛离亭晚，君向潇湘我向秦。

—— [唐]郑谷《淮上与友人别》

自话〉你背着斗笠、独回青山的背影渐行渐远。

诗文〉荷笠带斜阳，青山独归远。

—— [唐]刘长卿《送灵澈上人》

自话〉送朋友远行时，无法排遣心中的孤独和落寞。

诗文〉日暮酒醒人已远，满天风雨下西楼。

—— [唐]许浑《谢亭送别》

自话 人生中的聚散离合，皆是命中注定。

诗文 浮生如此，别多会少，不如莫遇。

—— [清]纳兰性德《水龙吟·再送荪友南还》

自话 明月高悬夜空，清幽的月光洒落在我孤寂的心头。

诗文 高楼送客不能醉，寂寂寒江明月心。

—— [唐]王昌龄《芙蓉楼送辛渐二首·其二》

自话 只要心在一起，分别也不是问题。

诗文 青山一道同云雨，明月何曾是两乡。

—— [唐]王昌龄《送柴侍御》

自话 时间流逝，岁月无情，离别平添一份哀愁与无奈。

诗文 客里别君还岁晚，江湖寥廓泪堪浑。

—— [宋]张嵲《送别》

自话 离别之后，良辰美景能与谁一同分享呢？

诗文 此去经年，应是良辰好景虚设。便纵有千种风情，更与何人说？

—— [宋]柳永《雨霖铃·寒蝉凄切》

自话 离别后，望各自安好。

诗文 从此音尘各悄然，春山如黛草如烟。

—— [清]黄景仁《感旧四首·其四》

自话 人生短暂无常，珍惜当下吧！

诗文 我的归去，只是一场悲喜，来去匆匆。

—— [当代]三毛《梦里花落知多少》

自话 生命中相遇离别皆是缘分，无法预知亦无法掌控。

诗文 缘起而回眸，再见又再见，缘尽而转身，再也不见了。

—— [当代]张小娴《我这辈子有过你》

自话 登高望远。

诗文 危楼高百尺，手可摘星辰。

—— [唐]李白《夜宿山寺》

自话 忙碌的人生。

诗文 一年三百六十日，多是横戈马上行。

—— [明]戚继光《马上作》

自话 从头开始。

诗文 一日今年始，一年前事空。

—— [唐]元稹《岁日》

自话 往事如梦，真是后怕。

诗文 二十余年如一梦，此身虽在堪惊。

—— [宋]陈与义《临江仙·夜登小阁忆洛中旧游》

自话 该乐即乐。

诗文 今我不乐，岁月如驰。

—— [三国]曹丕《善哉行·其一》

自话 总有一日会一飞冲天。

诗文 大鹏一日同风起，扶摇直上九万里。

—— [唐]李白《上李邕》

自话 只有站得高，才能看得远。

诗文 不畏浮云遮望眼，自缘身在最高层。

—— [宋]王安石《登飞来峰》

自话 保持本真就很美，无须修饰。

诗文 丹漆不文，白玉不雕。

—— [汉]刘向《说苑》

自话 再难再远，我也要去。

诗文 不辞山路远，踏雪也相过。

—— [唐]张九龄《答陆澧》

自话 放下令人不愉快的记忆，好好照顾自己。

诗文 弃捐勿复道，努力加餐饭。

—— [汉]佚名《古诗十九首·行行重行行》

自话 大丈夫应有凌云志。

诗文 一丈夫兮一丈夫，千生气志是良图。

—— [唐]李泌《长歌行》

自话 广泛阅读，写作时就犹如有神仙相助。

诗文 读书破万卷，下笔如有神。

—— [唐]杜甫《奉赠韦左丞丈二十二韵》

自话 靠别人不如靠自己。

诗文 举世人生何所依，不求自己更求谁。

—— [唐]吕岩《渔父词一十八首·方契理》

自话 享受当下。

诗文 世间行乐亦如此，古来万事东流水。

—— [唐]李白《梦游天姥吟留别》

自话 男子汉要做事，不要躺平。

诗文 业无高卑志当坚，男儿有求安得闲。

—— [宋]张耒《示秬秸》

自话 专心读书，忘了时间。

诗文 读书不觉已春深，一寸光阴一寸金。

—— [唐]王贞白《白鹿洞二首·其一》

自话 天高地阔任我行。

诗文 白云满地江湖阔，著我逍遥自在行。

—— [宋]黎廷瑞《金陵陈月观同年三首·其一》

自话 任何困难都无法将我击倒！

诗文 野火烧不尽，春风吹又生。

—— [唐]白居易《赋得古原草送别》

自话 心安处就是故乡。

诗文 我生本无乡，心安是归处。

—— [唐]白居易《初出城留别》

自话 卓尔不群。

诗文 独立天地间，清风洒兰雪。

—— [唐]李白《别鲁颂》

自话 谁能知我？

诗文 不恨古人吾不见，恨古人不见吾狂耳。

—— [宋]辛弃疾《贺新郎·甚矣吾衰矣》

自话 认准的事情，干就是了。

诗文 但知行好事，莫要问前程。

—— [五代十国]冯道《天道》

自话 别太在意，凡事看淡一些。

诗文 何须更问浮生事，只此浮生是梦中。

—— [唐]鸟窠《无题》

自话 我一定努力奋斗，实现自己的梦想。

诗文 会当凌绝顶，一览众山小。

—— [唐]杜甫《望岳》

自话 不听八卦，多看别人的优点，不妄加评论别人的是非。

诗文 耳不闻人之非，目不视人之短，口不言人之过。

—— [宋]林逋《省心录》

自话 管理好自己的情绪。

诗文 喜时之言多失信，怒时之言多失体。

—— [明]陈继儒《小窗幽记》

自话 等待成功。

诗文 留得五湖明月在，不愁无处下金钩。

—— [明]佚名《增广贤文》

自话 要想得开，放得下。

诗文 勿以有限身，常供无尽愁。

—— [宋]陆游《还都》

自话 我是旅游达人。

诗文 五岳寻仙不辞远，一生好入名山游。

—— [唐]李白《庐山谣寄卢侍御虚舟》

自话 即使失去生命，高洁的情操依然如故。

诗文 零落成泥碾作尘，只有香如故。

—— [宋]陆游《卜算子·咏梅》

自话 别人爱说什么就说什么，我可懒得解释。

诗文 旁人错比扬雄宅，懒惰无心作解嘲。

—— [唐]杜甫《堂成》

自话 愿我们友谊长存。

诗文 愿岁并谢，与长友兮。

—— [战国]屈原《橘颂》

自话 无事一身轻。

诗文 片云闲似我，日日在禅扉。

—— [唐]皎然《寄昱上人上方居》

自话 心平气和。

诗文 日暮春山绿，我心清且微。

—— [唐]储光羲《寻徐山人遇马舍人》

自话 凡事亲身经历，才会有真实感受！

诗文 竹外桃花三两枝，春江水暖鸭先知。

—— [宋]苏轼《惠崇春江晚景》

自话 要善于发现生活中的小美好。

诗文 掬水月在手，弄花香满衣。

—— [唐]于良史《春山夜月》

自话 现在只想喝酒、游玩，然后睡个好觉。

诗文 而今何事最相宜，宜醉宜游宜睡。

—— [宋]辛弃疾《西江月·示儿曹以家事付之》

自话 晚秋时分，想起了你。

诗文 红叶黄花秋意晚，千里念行客。

—— [宋]晏几道《思远人》

自话 顺其自然。

诗文 纵浪大化中，不喜亦不惧。

—— [晋]陶渊明《形影神三首·其三》

自话 我自己能解决，不关你的事。

诗文 日出而作，日入而息。凿井而饮，耕田而食。帝力于我何有哉！

—— 佚名《击壤歌》

自话 小日子过得不错，很知足。

诗文 衣食不求人，又识得、三文两字。不贪不伪，一味乐天真，三径里。

—— [宋]赵长卿《蓦山溪·遣怀》

自话 最近心事较多，有点烦恼！

诗文 心似双丝网，中有千千结。

—— [宋]张先《千秋岁·数声鶗鴂》

自话 荔枝真好吃。

诗文 日啖荔枝三百颗，不辞长作岭南人。

—— [宋]苏轼《惠州一绝》

自话 心向自由，何处不是风景？

诗文 野旷天低树，江清月近人。

—— [唐]孟浩然《宿建德江》

自话 我们不是一路人。

诗文 鸥鹭鸳鸯作一池，须知羽翼不相宜。

—— [宋]朱淑真《愁怀》

自话 只看到四季更迭，消减着年寿。

诗文 唯见月寒日暖，来煎人寿。

—— [唐]李贺《苦昼短》

自话 即使不能相守，你在我心中仍是高洁无比。

诗文 兰之猗猗，扬扬其香。不采而佩，于兰何伤。

—— [唐]韩愈《猗兰操》

自话 人还是故交好。

诗文 茕茕白兔，东走西顾。衣不如新，人不如故。

—— [汉]佚名《古艳歌》

自话 你我门第悬殊，此生无缘！

诗文 侯门一入深如海，从此萧郎是路人。

—— [唐]崔郊《赠去婢》

自话 我们以后不要再联系了。

诗文 此后锦书休寄，画楼云雨无凭。

—— [宋]晏几道《清平乐·留人不住》

自话 即使彼此分开，也要互相惦记、不要忘怀。

诗文 从此应多好消息，莫忘江上一闲人。

—— [唐]贯休《送郑阁赴闽辟》

自话 你很好，是我配不上你。

诗文 感郎千金意，惭无倾城色。

—— [晋]孙绰《碧玉歌》

自话 永远在一起！

诗文 花不尽，月无穷。两心同。

—— [宋]张先《诉衷情·花前月下暂相逢》

自话 我懂你！

诗文 同是天涯沦落人，相逢何必曾相识！

—— [唐]白居易《琵琶行》

自话 以你的才华，迟早会声名远播的。

诗文 莫愁前路无知己，天下谁人不识君。

—— [唐]高适《别董大二首·其一》

自话 我们都是生活中不如意的人。

诗文 我未成名卿未嫁，可能俱是不如人。

—— [唐]罗隐《赠妓云英》

自话 交心好友，距离不是事。

诗文 海内存知己，天涯若比邻。

—— [唐]王勃《送杜少府之任蜀州》

自话 挚友不分远近。

诗文 相知无远近，万里尚为邻。

—— [唐]张九龄《送韦城李少府》

自话 人生贵在相知，谈金钱就没意思了。

诗文 人生贵相知，何必金与钱？

—— [唐]李白《赠友人三首·其二》

自话 我知道你的心意，我送你同心结，也是表明我的情意。

诗文 揽草结同心，将以遗知音。

—— [唐]薛涛《春望词四首·其二》

自话 月亮代表我的心。

诗文 我寄愁心与明月，随君直到夜郎西。

—— [唐]李白《闻王昌龄左迁龙标遥有此寄》

自话 知道我想你，梦中来和我相见。

诗文 故人入我梦，明我长相忆。

—— [唐]杜甫《梦李白二首·其一》

自话 你与我情趣相得，脾性相投。

诗文 我见青山多妩媚，料青山见我应如是。

—— [宋]辛弃疾《贺新郎·甚矣吾衰矣》

自话 你我差别大，心灵却相通。

诗文 君马黄，我马白。马色虽不同，人心本无隔。

—— [唐]李白《君马黄》

自话 人生应豁达，淡然面对过往。

诗文 回首向来萧瑟处，归去，也无风雨也无晴。

—— [宋]苏轼《定风波·莫听穿林打叶声》

自话 一枝梅花表寸心。

诗文 江南无所有，聊赠一枝春。

—— [南北朝]陆凯《赠范晔诗》

自话 人老情更浓。

诗文 情于故人重，迹共少年疏。

—— [唐]白居易《咏老赠梦得》

自话 年轻时爱交友，现在只想跟老友腻在一块儿。

诗文 少年乐新知，衰暮思故友。

—— [唐]韩愈《除官赴阙至江州寄鄂岳李大夫》

自话 你才华横溢，文思敏捷，令人佩服。

诗文 下笔千言，倚马可待。

—— [明]东鲁古狂生《醉醒石》

自话 芸芸众生中，数你最优秀！

诗文 满堂花醉三千客，一剑霜寒十四州。

—— [唐]贯休《献钱尚父》

自话 您一看就是圣明的人。

诗文 圣人原未御，目力寿徵多。

—— [清]阮元《御试赋得眼镜》

自话 世上像您这样正直、高洁的人真是少见。

诗文 直如朱丝绳，清如玉壶冰。

—— [南北朝]鲍照《代白头吟》

自话 心态好，什么事都干扰不了你。

诗文 此时情绪此时天。无事小神仙。

—— [宋]周邦彦《喜迁莺·梅雨霁》

自话 我有才华，即便穿着平民衣裳，气质也如同公卿将相。

诗文 才子词人，自是白衣卿相。

—— [宋]柳永《鹤冲天·黄金榜上》

自话 山里的生活真好啊。

诗文 山中莫道无供给，明月清风不用钱。

—— [明]王守仁《题灌山小隐二绝·其二》

自话 你的心态真好，外界一点都干扰不到你。

诗文 无波真古井，有节是秋筠。

—— [宋]苏轼《临江仙·送钱穆父》

自话 那么多人仰慕你，当然也包括我。

诗文 清风多仰慕，吾亦尔知音。

—— [唐]李颀《题少府监李丞山池》

自话 你不仅思维敏捷，情感丰富，表达能力还强，实在厉害。

诗文 思风发于胸臆，言泉流于唇齿。

—— [晋]陆机《文赋》

自话 你静如娇花照水，动似柳枝摇摆，真好看。

诗文 闲静似娇花照水，行动如弱柳扶风。

—— [清]曹雪芹《红楼梦》

自话 你不仅容貌美丽，而且举止优雅、仪态万千。

诗文 纤纤作细步，精妙世无双。

—— [汉]佚名《古诗十九首·孔雀东南飞》

自话 你的眉毛细长而弯曲，头发黑亮而浓密，真是迷人。

诗文 翠眉开、娇横远岫，绿鬓亸、浓染春烟。

—— [宋]柳永《玉蝴蝶·误入平康小巷》

自话 你作风正派，行事光明磊落。

诗文 拳头上立得人起，臂膊上走得马过。

—— [明]冯梦龙《醒世恒言》

自话 美得令人心惊，美得让人陶醉。

诗文 不堤防沉鱼落雁鸟惊喧，则怕的羞花闭月花愁颤。

—— [明]汤显祖《牡丹亭》

自话 您桃李满天下，哪里用得着再种花?

诗文 令公桃李满天下，何用堂前更种花。

—— [唐]白居易《奉和令公绿野堂种花》

自话 离别之情，是最令人难过的情感。

诗文 自是浮生无可说。人间第一耽离别。

—— [近代]王国维《蝶恋花·满地霜华浓似雪》

自话 多美的月夜!

诗文 月到天心处，风来水面时。

—— [宋]邵雍《清夜吟》

自话 祝家庭美满，皆得所愿。

诗文 喜盈我室，所愿必得。

—— [汉]焦延寿《焦氏易林》

自话 做一个快乐的吃货!

诗文 庭前八月梨枣熟，一日上树能千回。

—— [唐]杜甫《百忧集行》

自话 怕人瞧不起，兜里总揣着一文钱。

诗文 囊空恐羞涩，留得一钱看。

—— [唐]杜甫《空囊》

自话 穷得叮当响。

诗文 柴米油盐酱醋茶，般般都在别人家。

—— [明]唐寅《除夕口占》

自话 只能悦己，给不了你。

诗文 只可自怡悦，不堪持赠君。

—— [南北朝]陶弘景《诏问山中何所有赋诗以答》

自话 肚子里没有油水了。

诗文 只把鱼虾充两膳，肚皮今作小池塘。

—— [宋]高公泗《吴中羊肉价高有感》

自话 我空着手找人办事，免得被人在背后说三道四。

诗文 清风两袖朝天去，免得闾阎话短长。

—— [明]于谦《入京》

自话 你的好意我心领了，可这礼不能收。

诗文 感君情重还君赠，不畏人知畏己知。

—— [清]叶存仁《无题》